U0706538

元·葉顒撰

樵雲獨唱

中國書店

詳校官候補主事臣郭在逵

臣紀昀覆勘

欽定四庫全書　　集部五

樵雲獨唱　　別集類四　元

提要

臣等謹案樵雲獨唱六卷元葉顒撰顒字景南金華人志行高潔結廬於城山東隅名其地曰雲顯自號雲顯天民集為其長孫雍所編次自序以為薪桂老而雲山高寒音調古而巖谷絶響故名曰樵雲獨唱其詩寫閒適

之懷頗有流於頹唐者而胸次超然殊見自得之趣固不必以繩削求之也考顥生於大德庚子至洪武元年戊申年已六十有九而洪武六年七十五歲誕日詩尚純作林泉語又安卹袁凱作序亦深惜顥不能及明之盛並列庶職則是入明始終未出今故仍系之於元人或又謂顥嘗登洪武中進士官行人司副未知何據按王鏊震澤編有東山葉顥

字伯昂以鄉貢爲和靖書院山長登科録建文庚辰榜有葉顒亦金華本貫皆同姓名而非一人其以景南爲明進士者當必因此致誤今並爲辯正庶不致於相混焉乾隆四十九年三月恭校上

總纂官臣紀昀臣陸錫熊臣孫士毅

總校官臣陸費墀

樵雲獨唱原序

予誅茆結廬於城山之東隅林深而木翳水秀而峰奇居處孤峻名其庭曰雲巔閉門却掃謝賓客日與樵夫芻叟盤礴乎邱園林麓之中披雲嘯月釣水採山無少休暇久之移家城山之西隅負郭而棲居形勢虛敞窓戶軒豁而南與北巘爭獻奇秀其儼然之容蒼然之色入吾屏几清致復不減於雲巔也東西相望不數里故吾得以幅巾便服輕鞋瘦策從樵夫芻叟相往還於其

間山回路轉川鳴谷應伐木之丁丁鳥聲之嚶嚶更喚互答斯樂何極斧斤之餘濁酒自適觴詠談笑擊壤賦詩以唐律五言幾百幾十首雜詩若干首雖不足以闗世教之盛衰亦足以敘幽情寫閒適之興懷名其帙曰樵雲獨唱葢予知樵夫芻叟相與之娛而不知世俗之好樵夫芻叟知從予之游又不知予賦詩之趣薪桂老而雲山高寒音調古而巖谷絶聽得不謂之獨唱乎幸而樵芻中有如朱翁子陶靖節輩固將甘心與之揖遜

周旋賡和酬酢商度古今天下治亂之得失評論高人異士出處之始終豁疇昔風誼之氣吐平生慷慨之辭散為箴規發為歌詩峭拔俊爽雍容舒徐放而縱之而言不肆收而藏之而文不拘振清風於亘古流遺響於無窮者也樵唱之樂無以易此不幸而世衰道微斯人儻不復見則予長抱山阿寂寥千載誰賞之歎而獨唱之旨其有以夫時至正甲午重九前四日雲顯天民景南葉顯序

大江之南有古東陽齊梁號爲名郡郡之北有芙蓉峰高千仞插雲霄萬古礙星月橫亘百里仙佛之所盧虎狼之所穴奇花異卉四時芬芳峰抵郡城不十五里余結茅負郭而居閉門遠塵囂絶世慮惟讀古人書間暇登兹峰彈琴鼓瑟酌酒圍棋寵辱不驚黜陟不知鑿井耕田以飲以食賣貫雲石第一人間快活丸和邵康節快活堯夫擊壤歌以自怡悦客從而誚余曰世之稱賢士夫者所作爲異於人胷次瓌奇意氣高邁立行能淳

風厚俗出語足以利物濟人故能上輔天子下澤黎民
威加蠻夷功高今昔國賴之如山民仰之如父遠慕皋
陶稷契伊尹周公近與蕭曹房杜同驅並駕如郭子儀
用舍為唐重輕裴公度身佩天下安危二十年功顯一
朝芳流千載不務為此乃欲盡匹夫之諒苟一己之娛
甘心老死衡茅名隨身殞而不辭竊為子不取也余方
倚柱長嘯策杖酣歌從容而進揖客而言曰子知夫鳶
翔空魚躍淵乎子亦知夫採珠者入海求玉者登山乎

方今聖主體堯舜之仁奮湯武之略克平海宇撫安神州奇勳偉蹟名公巨卿棋峙星布吾儕小人得以纖線之才躬耕草澤稅駕邱園其貪冒之徒乃欲狂圖妄取求寵乞憐苟競進之榮乏謙讓之德智窮詐露身滅家亡而未已者吾不為也吾寧為踽踽涼涼而遺其皎皎之白乎吾寧貪尺寸之微而忘其遠者大者歟方當耕南山之陲釣東海之湄覽烟霞之勝玩泉石之奇誦清風之什歌明月之詩俾愚夫愚婦聞余之風樂於心盎

於背見於面而暢於四肢謳歌快活鼓腹懽笑於里閭得不謂與人同樂乃以獨樂而見譏必如客之言將使鳶濡翼沉泉魚鼓鬣躍天求玉者游海隅採珠者昇峰巔以若所爲然後快客之心耶於是客愧謝不敏而去余乃取平昔鄙野詩文以第一人間快活歌題於帙端云時至正甲午十一月既望雲頂天民序書於城山西隱之牧心齋

欽定四庫全書

樵雲獨唱卷一

元　葉顒　撰

古詩

玩月

天濶海波平飛空一鏡明烏栖烟樹冷蟾浴石潭清素魄流金液孀娥舞玉京周旋雲鬟亂縹緲羽衣輕短世人空老長生藥未成桂林秋萬頃茅屋夜三更芳砌鋪

氷雪疎簾颭水晶穿窻微弄色當户寂無聲屢動袁宏興狂呼庾亮名神光億萬丈照我七尺形我喜不能寐起坐塵夢醒涼飈吹華髮霜髩被長纓登高發清嘯萬壑虛泠泠長天淨如洗滿座人皆驚清虛異人境蕭爽真蓬瀛胡為生塵土汩没勞經營安得齊雲梯獨步遊黄庭瓊樓恣觀覽呼吸瑶華精吟詠玩佳景千秋遺世情

幅巾杖屨晚遊南北山間興賦

南峰翠凝黛北巘青堆藍横空青翠色照眼覆玉環峩
峩金芙蓉迥出兩輿間層巒挺奇秀怪石蹲堅頑孤高
處士容窈窕佳人顏處士氣節剛佳人體態閒堯嵓幾
千尺絶頂難躋攀俯視衆山小下列臣妾班尊重朝諸
侯峻險服百蠻檜栢崇岡巔蓀芷淺澗灣松風度長林
玉珮鳴珊珊寒泉漱石齒琴瑟聲潺潺下有猿猱飛上
有雲往還老翁居其中霜眉鬢斕斑野服白接䍦絲絛
青玉環林泉日徜徉杖策時盤桓幽尋樂有餘清賞興

不慳壺觴雜尊俎談笑生餘懽游心天地外無復思塵寰寧憂宦海深豈畏世路艱風林塵慮空雲榻詩夢殘起視萬松頂素月流寒山

夢中役

夢中亦役役醒後愈嚚嚚嚚嚚更役役暮暮還朝朝奔馳天地老汩没歲月消貧賤安吾常不泰復不驕峯頂絶涓流海底無炎熇崇岡不受浸洪濤揆容燒變化乃浮雲喧轟實狂潮滄海豈加深青山靡增高人生本有

性益損無纖毫胡為百年間緑鬢成霜髦區區聲利場秋風吹征袍迅速驚烏兎攀縁愧猿猱塵轠日縈絆勢焰時煎熬行將脱塵俗富貴輕鴻毛聳身烟雲端矯首謝俊豪

江南懷古

仗劍出西遊來遊帝王州登高望故國感慨彈箜篌長歌四五發雲物慘不收歌聲忽悲壯江漢不敢流栽栽天目山王氣今已收英主從北來長驅勢莫留浮雲捲

旌旗天兵動戈矛國破佳人死時危志士憂遂令歌舞地夜雨鳴松楸野殿莓苔古荒城鳥鼠秋茫茫古帝魂千古不可求神飛故宮遠月出西陵幽凄涼白雲鄉寂寞芳草洲我欲弔古跡落日寒颼颼無言一尊酒悲風起閒愁

古意三首

我本山中人不為世網牽寓情猿鶴間寄興鷗鷺邊掃花淨石徑烹茶汲溪泉神遊三洞雲耳洗千尺淵兩手

弄明月雙脚踏紫烟胡為塵埃中脱屣未斷緣動有飢渴憂幸無勢利纏何當駕天風飛上青峰巔聳身天地外凝心混沌先俯首謝人世一笑千千年

堂堂七尺軀處此人間世秋月與春花讌賞長遊戲杯酒屢勸斟捹飲寧辭醉焉能百年中遽作千載計俯仰天地寬久客不知愧安得生羽翰嘯入烟霞去從茲億萬古瀟灑風塵外

夷齊偕盜跖耳目略相類樗櫟雜椅桐枝葉良不異薰

猶稍有殊妍醜從此始皃短鶴脛長諒不殊此理得失
了莫齊一笑天地裏

我出何所適

我出何所適行吟對清暉着我烟霞屐製我芙蓉衣天
風扶瘦策山雲鎖幽扉下同麋鹿遊上與猿鶴飛小草
陳野色幽花發餘輝無一不自得深愧疇昔非嗟彼世
網中對面觸禍機樽俎潛鴆毒笑談雜嘲譏甘心陷危
辱疇能察先幾世緣吾已斷世好吾已微惟有金華峰

相看不曾違榮華雖足貴林泉不如歸去去不復返永
食南山薇

我家北山下

我家北山下脫冠解塵襟古屋三五間秋風白雲深功
名不掛口豈受歲月侵青山長在眼白髮任滿簪有酒
可以斟有詩可以吟野禽可當曲澗水可當琴醉行無
雅態狂歌有餘音逍遥黄葉徑蕭散清風林涼飈吹我
鬢涼月洗我心風静月不留我心無古今

題唐子華春雲出谷圖

雲住山色佳雲去山骨瘦雲物屢變更青山但如舊子華亦何人胸有山水痼嵯峨萬疊青收拾在尺素春雲去何之出谷漸彌布滃鬱復氤氳天下期盖覆或然化甘霖江山起烟霧枯槁及古木巨細沾雨露慎勿謾遮天掩蔽激衆怒無心我亦雲偶出非有故讀書幸不多早被儒冠誤巍然抗高節要與雲同步得失費卷舒坐閱歲月度富貴情易圖不義愧攀附負郭二頃田自足

照衰暮慇懃送雲出我欲尋歸路

挽琳荆山上人

大德庚子春生我及此公同庚復同道同遊金芙蓉窮途事多違志願始不同公葺芰荷衣長嘯栖丹峰賦詩雜風騷屈宋或可宗字畫尤俊健下筆儕王鍾顛張與醉素豈敢稱書工從容笑語間已足驚兒童況負此二長儘可開盲聾奈何知者寡栖栖嘆無逢我抱七尺軀混迹塵埃中開口談世事吐氣如長虹性僻多忤物世

俗似不容拂衣青山下浩歌樂無窮長琴彈夜月短笛吹天風無可無不可豈復憂窮通公今已下世年壽胡不豐我老天地裏歸然成一翁平生襪線才愧乏補報功同生不同歸又復異始終出處了莫齊嘆息天宇空

題松雲齋十五韻

青松如舞蛟白雲如游龍龍游化甘雨與世為年豐蛟舞散清影利爪拏高穹二者無限奇盡入幽人宫幽人室懸磬隱約松雲中松秀悦耳目雲生盪心胸讀書坐

雲石鼓琴雜松風無往不自得深喜世慮空披雲採松花何啻食萬鍾萬鍾食有盡松花味無窮松雲幸無恙天地同始終扶笻一相顧摩雲撫孤松門松幾何年適與雲會同松靜了不言雲去尋無蹤回首萬峯頂但見山重重

丙申六月十六日軍亂奚德基賦詩紀事張純誠袖其詩來求和用韻述闕云張九四據蘄州發兵五百人赴杭省軍遂反襲

干戈久不息百苦無一樂縣官急徵需貧富悉籠絡西州正擊賊老拳日相搏賊馬當道馳賊舟沿海泊盜賊固梟張官軍愈鷹掠征討五六年賊勢未便削朝憂萬甑空暮嘆衣袖薄點軍五百輩顧望累退却太倉萬斛粟食爾欲深托餘粒猶在咽吐之若糟粕返旆擬攻城長刀忍相着傷心百姓財剽奪入已槖朝廷養此曹不啻如巨膊如何負國恩幸然尋就縛老夫鐵石腸見此淚迸落形容為枯槁肌膚倍蕭索深悲世事非屢日情

懷惡皇天未厭亂旱魃尤肆虐不雨逾半年何由增廩
粲天道既靡常人心益惶霍民食轉艱難軍儲盡圖度
終朝僅一餐無力太儉約雖免死甲兵猶恐填溝壑丈
夫幸聽之未用遽驚愕牧守任龔黃將帥命李郭牧布
撫字恩將展經濟畧天下不日清陰霾散寥廓

同前題下字韻二首

叛軍日驕橫六月反城下長竿揭旌旗犀凶列行伍蘭
江接金華膏血腥草莽老弱皆竄亡奔馳實勞苦崎嶇

扶父翁艱難負兒女萬死獲一生行李何暇取饑餓復
驚惶逢人語無緒數里絕行蹤孤村盡禾黍亂後始得
歸飄零如逆旅蒼烟銷荆扉青苔封石礎多謝故山雲
護我彈琴所

兵驕亂紀律蕩然無上下雖乏噲等才恥與噲等伍江
南久喪亂州郡俱榛莽況復此輩反黎庶不勝苦括囊
索金銀殺人掠子女元惡幸誅擒所失寧復取治亂如
理絲不理將失緒治田當去蠹不去終害黍軍容欲不

驚必先肅其旅梁棟欲不傾必先正其礎措置果合宜何憂不得所

題王秉彝樂善堂

結廬在人世惟善以自將宅茲幽逈地遠彼勢利塲古屋三四間秋風白雲鄉仁慈居壼奥禮義為垣牆庭種三古槐門栽五垂楊芝蘭香四座花蕋映兩廂光輝謝金碧調飾辭鉛黄吟榻青峰邊釣石綠沼旁窗前書萬卷膝上琴一張客至亦不惡茗碗及酒觴客去但高卧

不夢封侯王全無寵辱驚常有聲名香胸中萬念空並此身世忘秪存金石心靡替剛毅勝平生無所短而亦無所長平生不作惡善亦無可揚善惡俱兩遺長短未用量傍人患不足我樂殊未央樂此山水麗樂此松桂芳樂此烟霞古樂此風月梁邱園之勝概泉石之膏肓豈止樂吾廬更樂斯民康古今之遺範天地之大綱無一不自樂其樂匪泛常其樂善無盡聊以名此堂

聽泉亭

枕石聽山泉看雲度流水水去動雲根泉鳴漱石齒神清萬竅風夢破孤舟雨彷彿中郎琴泠泠響焦尾中含太古音分明合宮徵我老兩耳聾無心論臧否世事不願聞高卧茅屋底今朝偶聽泉爽氣侵骨髓毛髪為灑淅肝膽忽磊磈取泉三咽之頓失平生鄙翩然欲憑虛乘風學輕舉豈意下劣資悟此清淨理喜極竟忘言徐徐與泉語慎勿戀空岩寒烟鎖江渚慎勿伴高人幽賞無窮已旦夕赴瀛洲奔馳日千里長空捲雪濤聲撼天

地裏潛蛟既出遊蒼龍亦驚起恩波萬丈長大洗人間
滓豈獨此亭中但滌巢由耳

男兒生明世

男兒生明世學禮仍學詩禮以知揖讓詩可知盛衰上
輔明主聖下拯斯民愚坐食萬鍾祿出駕駟馬車否則
居巖邱高卧秋風廬談笑理蓑笠獨釣西江魚

戊申歲閒中清賞十景

秋江明月艇

秋江明月艇月皎光嬋娟老我坐其中蒼顏髮皤然半醉弄明月赤脚如兩舷秋風百尺絲獨釣千丈淵不繫吞舟魚寧掣横海鱣釣斷人間心不為世網牽鼓棹笑歸去月落江底懸

烟岫夕陽鐘

烟岫夕陽鐘清聲滿寰宇直催海月上山雲亦飛舉老僧定裏回英雄夢中起掃空聲利情洗淨塵垢耳平生剛毅腸聞之屢驚喜踈狂發長嘯起舞不得已遺音尚

悠然逈入霄漢裏

麗圃横長笛

麗圃横長笛秋風感慨聲一吹山石裂三弄波濤縈江
空翠蛟泣夜靜蒼龍鳴鶴怨雲巢冷猿啼月嶺明嫠婦
悲秋淚孤臣去國情遺音尤激烈高調轉淒清曲終情
未盡目送數峰青

修林策短笻

修林策短笻路入烟霞去羣峯喜逢迎向人如嫵媚攀

倏覽芙蓉臨流採蓀芷幽花不知名馨香雜芳樹天風吹敝袍曉露沾行屨更無塵染衣常有雲生袂山禽忽飛來啼破幽絕處

籬邊飡落菊

籬邊飡落菊采采黃金英拾之不滿掬松露相和傾三咽清肺腑九竅皆芳馨食之久住世化為天地精不饑復不老顏貌如童嬰驂鸞訪安期跨鶴尋廣成回首謝人世何用千秋名

嶺上撫孤松

嶺上撫孤松松陰蓋天地霜皮四十圍傲睨人間世老幹帶烟霞虬枝撼風雨元鶴數往還白雲互來去撫松一問之坐閲幾千歲人壽能幾何松老良未易與松語未終落月寒生袂

閒徑延馴鶴

閒徑延馴鶴愛此癯瘦形不與凡鳥伍戞然獨長鳴我性鶴相似寵辱常不驚平生寡交游閉户鮮送迎松關

夜月孤茅屋秋霜清從今與鶴遊騎鶴朝玉京鶴爾幸知此慎勿輕逾盟

登樓數去鴻

登樓數去鴻目斷江山異帛書望不來愁殺深閨女遺音墮寒空踈影澄秋水凄涼闗隴雲慘澹瀟湘雨飛鳴萬里餘為此稻粱計點點夕陽中陣陣荒烟外天際兩三行飛入蘆花去

朗吟黄葉寺

朗吟黃葉寺落日長林密天花拂衣香露草沾屨濕深
烟銷奇峰閒雲裹危石金鐘透太清玉磬穿虛碧境勝
龍象游夜静虎狼出地遠人蹤稀心定塵緣寂仙凡逈
不同坐久三嘆息

長嘯白雲峰

長嘯白雲峰聲清方夜永海月忽飛來光照千巖静松
林奏瑶琴山泉潄金井下與人世違上接星辰近凉露
洗心源天風吹鬢影使我凡陋軀泠然發深省願言生

羽翰直上青雲頂

採蓮歌

畫舫綠楊邊吳娃競採蓮紅粧映綠水窈窕誇少年只愁蓮心苦食之味不甜不愁藕絲短織之難成縑相與唱歌去撐破蒼波烟

讀書山月下

讀書山月下月色流巖扉松風吹毛髮草露沾裳衣研精探元奧竭思窮幽微興亡空感慨今古誰是非孔孟

幾千載斯文愈光輝蚩蚩愚下士去此將安歸

舉酒春風前

舉酒春風前勿訝衰顏紅藉茲麴糵媒成彼醞釀功頓使鐵石腸化為歡悅容喜色浮鬚眉和氣填心胸浩浩六合間廣扇淳厚風兒女豈知此唯醉芳花叢

圍棋白日靜

圍棋白日靜舉袖清風吹神機衆未識妙着時出奇我老天宇内白雪凝鬚眉坐閱幾輸贏歷觀迭興衰古今

豪傑輩謀畧正類棋局終一大笑驚起山雲飛

舞劍清夜闌

舞劍清夜闌孤燈耿中堂一舞空奸邪再舞摧豪强頻起為君舞月出雲飛揚氣衝牛斗暗影動蛟龍翔悲風轉蕭颯壯志彌慨慷時哉不我逢石匣深韜藏

吹簫明月底

吹簫明月底素魄流寒光簫聲更清婉音調美且長孤鸞舞天風老鳳鳴朝陽仙人王子喬往事空茫茫丹成

竈𢈈冷仙去臺亦荒千秋更萬古日夕遥相望

撫琴白雲端

撫琴白雲端聲透巖谷裏山空夜未央長天色如洗喧啾百鳥吟蕭瑟孤舟雨萬壑鳴松風千江瀉流水森嚴肅鬼神恩怨訴兒女人世不爾聞唯入巢由耳

漁父曲

雨過暮雲收江空涼月出輕簑獨釣翁一曲秋風笛宿鷺忽驚飛點破烟波碧

對奕青松邊

對奕青松邊松雲濕荷裳棋中有深機淺識未易量知進貴知退能弱還能強爭先合顧後得勝當慮亡輕剽或易失遲重終寡殃將卒勿驕惰士馬須精良能以此衆戰柔者必至剛

對酒舞長劍

對酒舞長劍劍舞影更長始舞飲一斗迭舞累百觴舞之不能已飲亦未易量長舞影傞傞長醉志揚揚尚不

論公孫況復數項莊年深劍文在曾斬樓蘭王舞罷醉未醒落月流寒光

和萬卷閣詩韻

倪希聖擕石元吉題萬卷閣詩見示且言其先大父樞密公南渡後嘗讀書遊觀於此南渡去今二百年遂成陳迹感古傷今不能忘懷何時一登樓縱觀前人遺躅朗吟豪詠於天風百尺之上與王粲元龍相望於千載之

下顧不偉歟因次韻二章

天風百尺樓壯制凌霄漢繞屋山四圍充棟書萬卷峰巒獻奇觀宇宙鍾神算絃歌師魯丘政治資姬旦寘搜竟忘疲幽討庸辭倦唯知扇文風未必圖美宦桂月與松雲時復供清玩人去樓亦空千秋發悲嘆

畫棟麗晴霞飛甍接天漢虛櫺納青山巍軒貯黃卷緬懷剏樓人胷襟蘊奇算相去數百年坐閱成一旦想當讀書日研精固忘倦浮雲變盛時短世驚薄宦我欲登

斯樓烟雲聊把玩感慨三撫闌臨風寄長嘆

雨中懷李本存十二韻

久雨不出門幽齋抱岑寂點檢屋外山白雲為雨濕最苕溪水添没却釣魚石平生慮事深無故憂得失因念倦遊人荒涼不温席獨抱瓌奇才雙瞳黑如漆闗山一萬里誰能共欣戚故舊半凋零親戚隔存没亂後幸自强感激彌嘆息蓑笠擬訪之濁酒聊共適酒酣彈鋏歌忘情話疇昔雲深路不通何處尋蹤跡

幽齋清興

窻迎青嶂遠門掩白雲深坐久風生席年高雪滿簪訪
梅臨水際採藥陟烟岑月徑桓伊笛秋庭單父琴驚醒
塵土夢滌盡利名心衒世間聲譽生平不用尋

故園梅花

身世水雲鄉氷肌玉色裳靈均千載恨和靖一生忙南
國遺高躅東風遞暗香久同松栢操肯學杏桃粧冷淡
孤山月高寒半夜霜鶴猿常歎狎蜂蝶任猖狂

興懷

幽遯足嘉謨崇勳授壯夫杖藜登嶺岫蓑笠釣江湖最
喜烟霞古從教姓字無頓忘身外慮寧受世間譽盡日
尋棋局長年卧酒鑪飲酣吟嘯遠睡醒興懷孤秋嶼翔
雲鶴春波浴海鳧四時花木美野叟復何圖

東籬丙辰季秋作

曳杖東籬下層巒列環岫南山如有情青翠俯相就松
桂二老蒼烟霏乍無有孤雲屢出奇羣峰競呈秀圖彩

寫晴嵐琴音漱寒溜采采黄金英芳香滿衣袖

新月

新月如佳人娉婷特姝麗雲端露蛾眉丰標迥然異輝彩雖未盈已足破昏翳但願早團圓神光耀寰宇從茲億萬年長照人間世

秋懷次童中州韻四首

拭目看秋雲洗耳聽秋雨晴刈東皋禾冷衣南山苧長安名利途屛跡不吾與惟有金華峰相看澹無語

長空好明月燦爛今夕晴萬里皆月色四顧無人聲徘
徊下青松照我茅屋明我望長嘆息悠然萬感生取杯
挹青光和此松露傾嚥之清肺腑快我平生情
沈郎江左人聲名驚宇宙秋風百尺樓寄傲腰圍瘦惜
哉清廟器未展經綸手斯道日已亡斯人焉可友唯應
雙溪月清光屢相就
桂魄延秋景松飈生夕涼良宵兩相值蕭瑟流清光風
聲驚客鬢月影照我床徊徨不成寐轉覺歲月長起坐

問風月而我誰老蒼風靜月不言耿耿天中央

三月望夕玩月

長空蟾吐魄良夜何團團皎如青銅鏡燦比白玉盤試浴海波底飛上青楓端徘徊嵩岱間宇宙生清寒神光常不泯留作千載看

南山晚眺

南山青如藍處士衣可染獨立萬仞岡眼空天地遠扶笻訪梅竹褰裳躡苔蘚靜聽水潺湲卧看雲舒卷長嘯

撫孫松乘閒數奇巘平生不動心肯隨名利轉摩挲太
古石相知諒非淺

古意

濁醪有佳趣不結醒者歡素琴有奇指不為俗耳彈真
樂存妙理流水環高山知味諒不多知音良獨難

樵雲獨唱卷一

樵雲獨唱卷二

元　葉顒　撰

古詩

浙江潮

浙江潮從海門起濺沫飛流幾千里老龍奮拔滄海波六丁怒決天河水萬馬奔馳人盡驚千夫賈勇衆莫禦滔天濁浪排空來翻江倒海山為摧固知神物善幻善

欽定四庫全書

變化不然胡為若此之壯哉狂風澒洞響天籟長空隱
約轟春雷衝堤激岸勢雄偉春崖嚙石聲喧豗更秦歷
漢遞唐宋潮生潮落來往時時间上浮銀漢蕩瑶浦洶
洶危瀾銷練組江神河伯盡出游素車白馬尤雄武海
若載鑾旌馮夷擊鼉鼓龜蛇躍長蛟舞人言子胥怒未
消怒氣突兀干青霄吁咽吐霧如山高咆哮呼叱聲愈
囂震驚溟渤嗚沉寥直吞吴楚志意驕於戲三綱五常
自古有至今禮法千載之下明如日月之昭昭君實有

臣而殺奚怨號員兮忠義非兒曹豈不知此無君之罪將馬逃少焉風定洪濤靜似聞予言發深省水天上下玉無瑕月白江空銀萬頃

錢塘懷古

君不見古錢王錢王在時民阜康不侈不僭能安邦五季喪亂人相戕鄰國雖斃吾無傷錢王去後兒孫良致身能弱還能強手持版籍歸宋皇富貴不失福祿昌民受其惠壽命長人懷其德久不忘千載之下有耿光至

令號稱國不忘又不見子瞻作郡臨安時風俗淳厚民
雍熙春光淡蕩花柳靜凝香燕坐簾幙垂耕田而食鑿
井飲公家作勞民不知西湖種藕不種穀朝昏十里香
風吹酒邊談笑白日永賓朋滿座咸賦詩風流一代孔
文舉下眎山濤阮籍沉湎之輩皆小兒子瞻去後景物
非風俗凋獘世運衰我來曳杖訪遺跡荒烟衰草空離
離湖山風月只如舊昔人不見令人悲秋風滿目立良
久但見斷雲斜日猶照蘇公堤古今何物能長久前代

英豪竟安有文章霸業墮渺茫唯有聲名傳不朽是非

榮辱過眼空萬事何如一杯酒

雲巔山人紙衾吟

楮栢霜華細藍田玉色鮮全無針線迹寧費綺羅錢照

席凝氷潔鋪床奪錦妍卷舒皆自在表裏出天然瑩徹

明無滓温柔軟勝綿羮公聞必喜杜甫見還憐素質誠

無讓紅塵已斷緣銀屏非等伍石枕慣周旋野客深相

結豪家定棄捐不勞寒女織唯稱老夫眠光彩生虛白

真純絶外鉛陽生春浩浩暖快腹便便益霞功非淺清虚理不偏致身天地外迥出羲皇前睡去山雲熱情空海月圓梅花頻入夢香影繞林泉瓊姬亦垂顧丰姿美嬋娟邀我登廣庭恍惚游鈞天天風雜環珮上謁瑶華仙遺我不死藥授我長生篇使我顔色好犀齒還榴編蒼容返朱唇緑鬢垂華顛方瞳復如漆碧沼浮疎蓮從兹久住世游戲三千年我聞而喜忽驚寤但見清虚滿室月白雲翩翩

八月望夕玩月歌

八月望夕天大晴纖埃散去河漢清長空皎潔淨如洗
四顧寥閴秋無聲少焉皓月生滄溟吳牛乍見喘且驚
連宵陰晦不見月今夜見月倍稱情寒芒直射斗牛窟
滿庭冰雪銀水晶低徊弄色茅屋上照我慷慨平生心
乾坤虛廓照萬古再一萬古光愈明從茲高照萬萬古
毫髮可容無遁形老翁今年七十一固當與月同虧盈
月能燭幽鑒下土人能撥亂至太平二俱有功於天下

皆足為世之重輕故能發無盡之幽光垂不朽之令名雲霄有路通蓬瀛仙人相邀遊廣庭朗然晃耀白玉京鈞天樂奏聲鏗鞫風吹衣袂虚泠泠環珮錯雜相和鳴團團古銅鏡燦爛天之庭清輝百千丈神彩何瑩瑩金波瀉瓊液躍出蝦蟆精雲邊白兔知幾齡玉杵舂香藥未成丹桂不老常芳榮西風涼夜秋花馨姮娥孀居誰與伍美質不眠長獨醒貝宮廣濶寧有極舉步欲進足屢停滿身風露良久立依然命駕還青冥黃塵白水三

山遠魂夢飄飄迴翠輦恍疑身在紫霞峰影隨大地山河轉霓裳羽衣不復道靈丹難駐容長好君不見萬里關山全盛時有道君王蜀中老

吾琴所為曹令所壞寓居賦秋風破屋歌

君不見南山叟一室容身小如斗閉門僵卧學袁安雪打風吹懶開口又不見牛馬走短布單衣寒露肘長途汩沒笑李斯咸陽市上牽黄狗男兒壯志要似渭川雲夢竹不染塵埃出林麓又似蒼頽勁節松偃蹇孤高立

巖谷雪中矯矯舞游龍霜裏涓涓濯寒玉春和長有拂
雲青歲寒豈減昂霄緑野人曠蕩無所歸居無華屋膳
無肉胸涵膽氣欲食牛世乏才能恥干祿高眼不復夢
功名信步何曾限南北行藏無礙獨縱横動静隨緣少
拘束從來任運合天真坦率人皆笑粗俗儒生性僻不
入時身老乾坤忘寵辱囊虛買譽百兩金日糴充饑五
升粟頑然空洞腰十圍唯貯文章滿斯腹謾開電目燭
五行徒援霜毫寫千幅秖聞張奉賤毛生未見夷吾憐

鮑叔短琴一弄固有餘長鋏三彈常不足噫戲安得樂天都葢洛陽城裏萬丈之白裘杜陵大庇天下寒士萬間之廣屋尊賢重道貽令名大厦寬袍遂吾欲床頭更有酒新熟緑蟻濡唇斟百斛此時不願萬戶侯何心更作九州牧山中宰相樂餘年管領邱園慰幽獨雲邊吟詠足逍遥月下壺觴倍清淑閒鋪碁局伴爐薰滿吸湖光飲山渌含烟細草疊芳茵過雨餘花呈繡褥王侯卿相非我儔牧圉樵漁是予屬四時佳景盡來歸泉石烟

霞皆素蓄笑拖長袖醉春風寄傲軒窓百斯福

山中遊

木翳兮林深境幽兮徑平峰高兮月小澗古兮泉清霧氤氳兮圖形水飈飀兮琴深春欲暮兮鳥啼花落秋將至兮鶴唳猿鳴膏吾車兮整吾駕將有事兮林坰爰發爰啟載興載征訪仙人兮琳宫叩釋子之元扃高揖浮丘遠邀廣成掐丹田之瑶草採翠巘之瓊英掘棲烟之枸杞斸含露之猪苓駐予顔兮長春延予年兮遐齡與

日月兮同光偕天地兮不傾蔽明兮掩聰凝神兮嗇精心清兮欲寡體安兮氣寧絶交息遊罷送休迎不記晦朔寧知虧盈不事王侯寧識公卿雖乏鍾鼎之貴終無鈇鉞之刑塵韁莫繫世網曷縈得失一致寵辱不驚何必論泰山之重鴻毛之輕麻衣之賤金章之榮又何必計蠅頭微利蝸角虛名長途擾擾鬧市營營蹈草廬之高躅誦陋室之佳銘土床石枕霧帳雲屏依稀和靖彷彿淵明玩庭梅之冷艷嗅籬菊之秋馨聽鶯鸝之求友

呼鷗鷺以完盟展奇松之軒蓋鋪軟草之氊茵臨清流兮洗耳汲滄浪兮濯纓躬耕幽嶼獨釣荒汀酒船茶竈詩卷棋枰樵漁賓客牧圉弟兄更唱迭和極論深評雲邊横笛月下吹笙隨心去住任性縱横緬思疇昔慶快平生襟懷灑落胸次崢嶸逍遥卭壑放浪身形悠然遺世脱爾忘情迴視彼抗塵走俗之輩蜂房課蜜之功甚時可辨蟻穴封侯之夢何日能醒亦何異於填海之精衛良可悲夫燒空之火螢

北山遊

北山山色青更青堆藍積翠開畫屏浮生突兀百千丈駕梁峙石勞六丁自從太極既判混沌死天開地闢知幾齡東西横亘一萬里遠迎岱嶽連滄溟晨昏礙日遮月星往往不雨轟雷霆荒烟霾霧虎豹隱深淵大澤龍蛇腥幽花野草不識名天風時送芳樹馨風雲變態皆可玩烟光嵐影浮虛欞有如佳人在空谷體貌閒冶尤娉婷人間歲月不復記秖隨寒燠覩堯蓂神仙宮殿梵

王宅螭藏鳳隱凌青冥金鐘玉磬問遠近洞門無人長不扃道士昔誦蘂珠經功成騎鵠朝帝廷腰懸環珮雜宮徵鈞天音樂風泠泠邇來歷世經累刧丹書寶篆猶鐫銘摩挲石刻一慷慨頓覺胸次洗空世慮塵夢醒彈琴坐盤石遺音繞指穿林坰山靈鼓舞山鬼嘯常有白鶴飛來聽湘妃漢女亦遊玩載以霧轂秉雲軿登高採妙藥長鑱短鑊鉏茯苓天瓢瀉石髓瑤杯斟醁醽飲之似欲生羽翮神清氣定百脉寧下視人寰烏兔急東生

西沒何時停尋名訪利浪自苦便欲脫去世俗凡陋無用七尺之軀形遊行無礙少羈束化為天壤之內不老不死千秋萬古英爽之精靈

登九龍山訪孝標遺跡月下飲酒

杖藜扶我登九龍輕鞋短袂隨天風九龍飛去幾千載雲閒松老青山空孝標先生骨應朽清名與山同始終荒烟衰草迷古洞唯有皎皎棲清楓酒邊半醉弄明月月光忽落杯酒中舉杯歡笑和月吸清光散入胃次照

我突兀礌磈之孤衷平生所蘊剛毅氣洞然明白無隱容信知古人嗜好不在酒愛其果能助發英鋭之志醞釀麯蘖之奇功興懷不盡下山去明月又在天南東

中秋懷古玩月

空明仙人遊廣寒挾予飛入青雲端罡風吹上九萬里氷輪直駕穩更安碧天空濶高而寬巍巍金闕非人間瓊樓紺宇開萬户水晶宫殿銀闌干團圓青銅鏡燦爛白玉盤寒芒曜今昔素液流肺肝滿身風露毛髮爽一

襟氷雪衣袂單雲邊有女騎綵鸞清歌妙舞美且閒笙簫迭奏音調古二十五絃錯雜彈姮娥遺我長生丹服餌久久生羽翰朱唇緑鬢顏色好骨剛體健力不彈慇懃再拜謝明月清光留作千載觀

東鄰叟歌

君莫羨東鄰叟囊貯黄金動盈斗粉白黛緑眩目前十二金釵圍座右袖中曲譜貴新奇五典三墳不知有往來冠蓋盡英豪駿馬金鞍結良友天公未必長爾私有

限歡娛豈能久華堂歘忽變荒坵落日牛羊亂馳走羨
君莫笑西家翁身長七尺眉頰豐閉門不肯學干謁半
世不識王與公無心去較蠅頭利有口懶談麟閣功茅
屋頹垣常漏月麻衣短袂不蔽風儲乏陳紅之五斗心
有至赤之孤忠對客張眉唯說理向人捫腹肯話窮胸
中豪氣千丈虹壯志不下陳元龍百年富貴如飄蓬是
非榮辱轉眼空珊瑚數尺壯安庸季倫愚癡真騃童夢
回金谷春已去欲尋往事俱無蹤但見荒烟衰草寂寞

棲春紅繁花散亂歌舞歇行人撫掌笑石崇首陽山人
恨不逢食薇不飽樂在中至今姓字不磨滅皎如明月
懸高穹但見天地之内光輝照耀南北連西東清風遐
播億萬古而我無盡物有終俯視沉酣聲利輩空中短
燄風裏蟲

第一人間快活丸歌贈芙蓉峰蓑衣閒道人貫
酸齋號雲石仕至翰林學士休官辭禄或隱
屠沽或似樵牧人莫測其機嘗於臨安鬧市

中立牌額貨賣第一人間快活丸人有買者

展兩手一大笑示之領其意者亦笑而去

芙蓉仙人氷玉質貌粹骨剛長八尺閲遍塵寰擾擾人

元鬢朱唇霎眼碧利名場裏寡交游勢要途中絶蹤跡

世誇豪富尚榮辱信手拈來笑輕擲留得人間快活丸

行住之間常服食平生顛沛藉扶持什襲珍藏深護惜

吞不得吐不得快活滿懷言不及十分瑩潔滅瑕疵一

味無求甚奇特香通九竅達四肢淨若明珠赤如日解

歇馳求嗜欲狂能除奔競貪婪疾非辛非辣復非酸不苦不甜還不澁天然風韻妙無倫不讓醍醐寧數簋食之氣定百脉寧肌肉豐腴美顏色融和春意動鬚眉體健身强百斯力等閒愈嚼味愈嘉肪白膚黄炙逾出時時拈美與人看驚起凡愚耀今昔擬將斯藥壽斯民低價無人肯酬直風月笛烟霞屐緑蓑衣青箬笠五湖四海足徜徉萬水千山恣游歷遍來歸卧白雲巔晦跡韜光那尋覓雲封讀易臺澗逸彈琴室遠岫正堪觀纖埃

焉敢入採山釣水拾松花千載清風有何極衣袂飄飄
翠袖寒直上金杯峰頂立飲我紫霞危坐我蒼苔石說
盡萬事非驚嘆羣迷癖嵐氣潤冠裳山光浮坐席踢翻
煮藥爐砍破長生術洞門無人常不扃開盡碧桃春寂
寂長安車馬任喧豗人說公卿都不識

樵雲老人獨唱歌

樵雲老人年七十髮白䨇瞳黑如漆喜唱人間快活歌
好吹酒後無聲笛一聲吹動嶺上白雲飛一聲吹動山

巔明月出驚醒松梢野鶴棲喚起波心海蛟蟄老來湖海友朋稀貌古形衰無氣力盡日疎齋坦腹眠五斗濁醪時自適常遊北墅劇歡娛每對南山抱岑寂張三李四懶結交黃八趙二不相識自歌自舞興懷真獨步獨行神思逸家無生產萬鎰金囊蓄樵雲獨唱集杜撰八陽經何止三千帙醉墨淋漓不整齊粗言跌宕唯直率丈夫志氣脫情塵村媪嬌羞貴粧飾長蛇出穴衆盡驚駿馬下坡人辟易瀑巖溜斷峽泉飛茶鼎濤翻海波溢

光寒孕出蚌腹珠聲雄擊碎鴻門璧千尋檜栢秀奇峰一片莓苔裹頑石秖圖豪放旨趣高肯蹈凡庸陳腐失曹劉沈謝丈人行江左風流亦勍敵自愧滕薛微敢與齊晉匹雖乏經邦辭頗盡歸耕術洗淨功名疵滌空聲利疾星斗燦心胷烟霞生肘腋玉澗奏瑤琴銀河瀉瓊液松雲滿草衣巖霏灑石壁空翠撲晴軒虛白凝霄室豪端錦繡機奚藉天孫織語險神鬼愁言奇魑魅泣懦夫忽剛强義士彌感激山靈為起舞萬像咸拱立已免

世俗羈猶負林泉癖飲酣拍手呼李白傾倒壺觴同座席共話斯文喪亂後餘子碌碌馬足恤固多狗尾可續貂其奈羊皮殊豹質噫嘘嚱安得快剪刀剪取雲夢竹截成束作筆刪削鄭衛淫剗除妖艷習斡回正始音書寫大雅什烜赫照乾坤焜耀當天日清風億萬年輝彩千百尺妙理造幽微芳馨著今昔虎嘯龍吟天地間蚓唱蠅鳴俱屏跡狂瀾捲盡江漢清陰霾散去山峰碧或註問予曰子何易易以詩言也檜栢秀奇喻詩之美固佳矣奈何以區區之頑石比之子何易易以詩言也予語

之曰費千金之財不能分寸移之竭萬夫之力不能絲毫動之寒暑不能改其容氷霜不能變其節齊天地之終始閱漢唐之盛衰遇狂瀾則為砥柱於中流而不傾處峻險則聳孤標於絕頂而不倚水不得而漂火不得而燬斧斤不能琢其質寵脅不能易其守巍然不怠歸然常存置之渭水左右嚴灘南東傲睨青徑雄踞翠峰俯瞰長流仰揖喬松芝蘭圍繞莓苔裏封延浩月納清風麕鹿聚猿鶴從別有遺世高士脫塵異翁志氣高邁趣向雍容慕其高抗樂此幽奇摳衣攝坐策杖追隨彈琴鼓瑟飲酒賦詩朝夕玩賞頃刻弗違在昔豪傑之輩同坐狠石而談世事放達之士忘情醉石以消歲時英雄遺逸今不復見此名此石逾千載而靡隳予將高蹈遠引遙紹於諸老不識吾子以為何如於是客喜而笑揖予而退吾乃操觚引墨而書之

雲巘天民獨樂歌

雲顯天民身健武屈指今年七十五衰鬢凝霜暖不消
雙眸掣電明堪覩耳聾尚可聽簫韶舌在猶能話今古
風標凜凜瘦如松意氣堂堂獰似虎生平快活不識愁
秪有攢眉作詩苦得句狂呼笑點頭論文猛拍忙搔首
棲林元鶴為驚飛出岫白雲俄退走梅邊竹笛半醉吹
石上桐琴一長撫飯後歡陪夜月遊飲酣喜對春風舞
常呼晨霧鎖松扃遠引寒泉環竹户困尋陸羽寫茶經
閒訪陶潛抄菊譜人間俯仰計總非目下恩榮樂寧久

何如邱壑了餘生渴飲饑餐飽摩肚兒學躬耕僕飯牛
歸而斗酒謀諸婦客至從嗔不與言坐對蓉峰懶開口
不將蹤跡出人前高眠月嶺烟霞塢已知身世足優游
唯愧乾坤無報補呵呵吾儕真草莽收拾閒名莫辜負
從教世俗罵癡狂任彼時人笑愚魯

採蓮曲四首

若耶溪頭同採蓮濃粧艷抹誇少年綠荷萬柄映碧水
吳姬照影羞嬋娟一雙鴛鴦在芳渚見此躊躇空自憐

去年送郎别江滸郎君上馬妾在船湖光瀲灩香旖旎
酒味冷冽花鮮妍今年花謝香應老漫郎漫郎何當還
吳江女娘氷玉肌薄抹臙粉厚抹脂蘭舟蕩漾翠波裏
花間爛漫香風吹蓮心苦難食食之不療饑藕絲短難
織織之不成衣採蓮採蓮人未歸山長水遠歸何時
江上晚來新過雨亭亭芙蕖在緑水芳洲香霧雜紅雲
蘭舟喜殺穠粧女年年來年去世情空花落花開香十里
今年歡笑復明年幾向花前共花語荷花顏色只如舊

妾顔未必長嬌美只愁八月殞清霜吳中一夜秋風起
荷花嬌美人共誇九洲三島蒸紅霞採蓮女郎十數輩
唯有阿姨顔色嬌如花自從嫁後懶梳洗十年不見音
信賒管取明年採蓮去撐船直過阿姨家

苦雨嘆

久雨未便晴昏烟翳穹旻出門泥濘步難行十步九折
憂絶倒蘚跡雜苔文侵堦風不掃由春至夏百餘朝雨
脚如麻幾時了樂事賞心何暇論尺薪斗粟無從討縱

有高車可出遊濕雲遮斷繁華道杜陵野老數吞聲床床屋漏吟情惱山翁放達不識愁無端為爾傷懷抱南山豆亦荒北嶼松亦老東園欲語花西徑忘憂草笑臉嬌啼膩粉銷檀心懶吐芳香槁綠怨紅羞既寂寞蜂慵蝶困庸園繞千葩萬卉總消磨庭下決明顏色好何當散陰霾放出日暠暠麗景穠鮮萬國明晴光浩蕩千峰曉

梅友公遊芙蓉峰探神仙遺跡登高長嘯俯視

塵世然後朗吟步月而歸自魏晉之下曹氏
父子桓温庾亮之徒登高對月飲酒賦詩其
後寂寥千年世無斯樂令公乃能以雅道繼
之葢庶幾焉予足不至此山幾年矣因公之
遊遂喚醒舊夢從道復出詩見示遂次韻焉
空山學仙子乗鸞烟霧濕夜深吹洞簫聲斷鳳皇泣佳
人去後不歸來寒雲古路迷黃埃當年舊事總陳迹回
首此意千古空崔嵬杉松美影擎仙葢玉宇寥寥浮雲

塏洞門無鎖晝不扃雲窓雪浪聲澎湃短世茫茫赴急
流功名悞我三十秋人間俯仰竟何補便欲對此乗虚
舟登高探異物夢魂皆彷彿凛然心肺開肝膽忽突兀
中有一人眉髮奇不言不笑看晴霏芙蓉為裳雲為衣
三花樹下容巍巍隔水微茫相對久贈予靈芝飲予酒
拍手相從入紫霞不覺麻衣濕寒溜忽然而去不復麿
山雲叫斷無人聽是中誰讀黄庭經耳邊忽度琅琅聲
醉筆題新詩戲拈爛墨澆淋漓西山紅日忽已失新月

夜上橫蛾眉兩袖天風清九竅歸去恐為神鬼笑興懷不盡下山來洞口巖花羞自照

謝陳國賔見寄

陳凡遺我山中詩隨風落空成珠璣寒光繞壁夜窻紫清聲響澗山泉飛杜陵去後天無功飄飄千古遺悲風老免入雲霄漢黑大龍上天江海空知君筆有萬牛力追轉風騷氣無敵辭豐意遠欲乘虛天高風冷寒生骨作詩為謝來意勤自慚瓦缶無美音闌干一撫三嘆息

天風西來洗予心

金華尉趙德夫祈雨有感

陽烏赫赫明高穹火雲不雨天西東晴波渴飲千丈虹
嘉穀槁死生蟊螽金華趙宰亦憫龍陳辭涕泣呼天公
食天之禄因農功視農不救寧爲忠下人無罪天所容
願爲斯青歸微躬志誠直通龍伯宮須臾遣出雙玉龍
利爪排空怒且雄阿香推車海若從鞭雲駕雨隨天風
下與人世爲年豐要令饑旅顔回童少焉雲散天宇空

神龍却歸潭水中廟閒山空鼓鼕鼕

謝李從道見寄

漢唐之世多俊賢才高有如横海鱣搜索異景不得潛驪珠一夜飛上天江左風流亦可憐高談出口如湧泉近來諸子無足言白雞夢破千千年斯文無人世所寃遺公出世扶其顛遨遊八極乘紫烟絳旗丹轂驅我先我生嗜酒無一錢酒酣落筆驚四筵見公始覺心茫然仰天大笑呼謫仙天風吹落雲錦篇皎如明月懸我前

寒光耿耿江底懸魚龍夜抱星斗眠議論汹汹來百川
似欲上拍曹劉肩有人如此猶棄捐朱顏改復寧復妍
願為羲和執玉鞭駕馭白日青雲邊請公早上登封箋

題聽香亭梅花卷

山空木落凋繁卉政苦蠻烟愁瘴雨南枝此際特清奇
獨抱孤真巖谷裏水鄉雲路寡相知惟有風姨交月姊
江南歲晏淡粧束沙上無人薄梳洗丰姿瀟灑態度閒
脩竹疎籬茅屋底羅浮日冷水欲氷凍靄昏霾江路陰

殘雪消遲霜魄出一梢寒彩明空林人知鼻臭目善睹豈知刼外春光淡蕩春意深平生不識宋廣平但識鐵石腸肚珠玉之胷襟平生不識桃與李奇松勁栢屹立千仞之雲岑唯許孤鸞雙鳳見豈容妬蝶狂蜂尋幽香猗旎薰宇宙芳流不盡古至今暮齡作事愧顛倒聽不以耳唯以心瑤琴三尺枯樹下摩挲老眼觀玅音西湖處士寧復道東坡先生骨應槁邇來八萬四千載只有梅花顏色好羌笛聲高舊夢醒玉樓人去東風杳橫斜

浮動未要論奇芬不在枝頭老

再賦聽香亭並序

予既賦聽香亭梅花詩書於卷尾已而興懶神疲高卧雲樹之下夢美人玉容氷質風環雲珮揖予而言曰子之詩雖美矣何獨於聽香微旨之吟咏遂俾幽姿減艶雅態違歡公能不遺幸續賜題品使枯荄朽幹頓發奇芳幽谷寒巖倍增春色豈惟無負於梅花而不

肖亦免以籍口伏惟司花之真宰不識吾子以為何如予乃劃然而寤即操觚灑墨復題一詩雖未足驚羣聊以謝六橋么鳳爾

聽香亭畔春風起吹折瓊花三兩蘂烟梢留宿白雲飛
横渡溪橋歸海嶼雪消南國近黄昏月照前村半江水
五更霜重玉容寒吟翁睡足茅屋底夢中非我亦非梅
非臭非心復非耳但見芬芳遍太虚唯聆馥郁週寰宇
幽香和凍墮琴床旖旎肝腸熏骨髓胸次崢嶸妙莫窺

襟懷灑落奇無比醉後頻驚往事空醒來倍覺吾廬美
疎影橫斜澗沼中韶光浩蕩乾坤裏雌蝶雄蜂浪自狂
山猿野鶴深相嘻畫角高酣興不孤玉簫婉娩情難已
霧鑰江南去路迷羅浮望斷如何許擬袪聲跡絕聞塵
汲引深情為君洗

畫竹王汝明為賦

永和年間王子猷月林吟嘯最風流禿錐渴飲三斗墨
為寫琅玕萬頃秋元祐年間文與可四絕聲名落江左

渭川千畝在心胸噴飯滿案饞唾墮此君高蹈只如此二老遺蹤成坎坷王生畫竹妙逼真清奇不愧前朝人情空意定偶一掃坐令寒巖空谷回陽春我疑此子有神助不然何以得此胸次瑩潔不受纖埃侵孤標勁節冠古今霜容氷彩勢百尋往往青鸞偕紫鳳飛來錯認舞且吟常訝涼飈生座右耳邊自聽蒼龍吼煩君留意重珍藏倘遇雲雷恐飛走

踈齋清樂

衣袂飄飄羽扇輕草廬瀟灑興懷清孤桐調逐秋雲杳
老桂香陪夜月明附鳳攀龍雖寡術呼鷗喚鷺足尋盟
蘭臺一任無聲譽竹帛從教缺姓名白石清泉皆屬我
黄花翠竹正關情日高丈六猶慵起石枕松風夢未醒

秋冬之交雷電大作

蓐收行秋將滿秩解印榮歸嚴辦集清道迎冬俟臘來
積雪嚴霜應有日遺蝗入地作年豐禾黍登場吾事畢
九月中旬之望夕天大雷霆轟霹靂蝦蟆蚯蚓盡出遊

碧潭驚起蛟龍蟄炎炎溽暑勝暮春赤日行天欲焚炙
元英勒駕遽奔迴意恐中途例遭殛電掣金蛇走林莽
勢似金桴擊天鼓浮花浪蕋亂青紅癡蝶狂蜂恣飛舞
唯貪過眼暫繁華寧慮來年百斯苦應是蒼生罪惡深
過犯彌天致天怒我願天公憐赤子撫綏恩育宜如故
渴飲饑餐貴得時夏熱冬寒合常度寄聲司令省厥躬
燮理陰陽勿乖悞

偶成

我先落魄何所為百年生計巢南枝迎風吸露飲山淥枕泉漱石吟新詩一絲不掛心自樂淡然性靈學無學洗耳熟聽空山猿知心更有空山鶴漫漫長夜何時晨紛紛塵世何日清餔糟啜醨難自强獨醒肯圖千古名君不見嚴光片石生白雲江湖夜永秋水深碧絲牽動潭底月直鈎釣斷人間心

寄王善甫

昔公曾住金芙蓉白雲為侶棲丹峰乾坤爽氣星斗胸

手弄明月烟霧中十年燈下詩書工今年試藝棘闈中
其氣似欲附冥鴻翅拍天水搖天風行將杖策朝聖主
豈止小展天南東願公獻賦明光宫直驅造化超洪濛
筆陣縱横誰敢攻八荒一掃空奸雄致君在上竭我忠
要令四海歌重瞳有如醫王逞神功下與濁世鍼盲聾
夢魂夜夜思見公凝望不來憂心沖人生飄忽浮萍蹤
百年光景轉眼中秋風道上會相遇便須握手一笑談
空空

送洛陽陳秀才

蘓秦辯口人共知黑貂敝盡朋舊踈六侯相印幸得佩一朝身戮埋荒墟賈生才調天下奇幾年獻策承明廬讒言入耳竟不用長沙抱恨何當紓玉川先生妙人物秋風破屋聊自居觀其大節死不變家中豈有擔石儲香山居士亦足數達哉達哉誰得如二程兄弟百世士孔孟之道賴以舒談經說理妙無盡天下學徒來挽車堯夫君實古淳士胸中包裹混沌初西京華麗推第一

春光只滿二老閭前乎説客姑且置後來賢哲世所譽
洛陽古俗稱多士遺風掃地今無餘陳生亦是嵩山客
從軍久戍江南瀦彎弓走馬非所慕無事閉門長讀書
抱琴辭我欲歸去因思往事難自攄歸與瞑坐倘神會
為言每譚斯道未必不為嘆息涕淚增欷歔

招友人歸隱行

中郎一絕爨下音流水無思山無情仲尼一為麟後麈
乾坤日月無光明聖賢自古多轗軻吁嗟吾子難獨鳴

青山雖貴何足欽黑貂未敝君休驚片言不用脱屣去
富貴於我浮雲輕日飲一瓢豈予辱日飡萬錢非我榮
進退於道苟無愧對人何必面發赬幸有浮蛆之桑落
為君斟酌平生誠幸有棲鸞之桐木為君彈出無絃聲
一彈石澗漱寒玉再彈滿耳松風清酒酣更鼓三五曲
魚龍鼓舞波濤縈男兒出處須磊落肯同兒女徒營營
麻鞋布衲見天子誰能干謁公與卿指蹤利害談世事
坐令海內皆昇平不將歸卧南山陰荷衣未必輸塵纓

青山緑野總舊物白鷗元鶴皆昔盟上飲千尋之澗瀑下採百歲之春英食之不饑復不老永為終古天地精斯言雖鄙倘見聽便當盡決滄浪之水洗淨平生不朽無用之虛名

次韻靈源唯堂上人遊九龍山

羣峰嵯峨互相依九龍跳躍萬馬隨蒼松怪石倚天碧嵐氣日夕沾人衣幽花野草香澗谷山中寒暑自四時孝標當年隱其內勁節上與山爭奇紛紛餘輩方進取

誰能退縮山之陲困來和雲卧白石醒後衝烟登紫微
古今名利天下重此子似欲一手提白頭老僧好事者
泛覽景物裁為詩使我一讀重嘆息玩味輾轉忘其疲
世途擾攘吾已厭便欲命駕尋荒祠左驂白鹿右黄鵠
與子相從不爾離

芙蓉堂次鄭氏子韻

芙蓉堂中見嘉什與君似有三生約高才磊落亦可憐
誰謂今人不如昨我疑此子胸有天地春不然别有一

邱壑男兒趣向貴如此慎勿戀他兒女樂一襟爽氣已逼人塵氛不假滄浪濯筆端滾滾龍蛇飛紙上霏霏烟霧落謫仙蘓二呼不來江湖夜雨蛩聲哀覿子新詩何所似秋空一鶚山崔嵬山靈起舞神鬼笑林泉變色雲屏開波光月色清可掬風露滿身寒肅肅還君此子不復言驪龍抱珠海底浴

樟木歌

婺創府廳事幕官入山有巨木者咸取之予

鄭有樟木亭亭若仙蓋罔知歲年父老相傳
歷五季趙宋云予暇日往還吟嘯於其下至
是例辱斧斤賦長句弔之
古木千年隱林麓傲雪凌寒久幽獨霜皮雖無四十圍
中有昂霄氣盈掬孔明廟前色頗同草堂詩老慣撫育
雨淋日炙歲月摩幹槁根摧忽顛踣樵夫芻客不我顧
長伴蒼苔映寒綠今年公府創高堂梁棟求之若不足
幕官騎馬自入山匠者驅馳如鬼速自慚拙才復何用

例辱斧斤蒙齒録山翁因笑百無能一生支離同此木樵木三嘆為木言如此奬擢非我欲不願爾為秦皇阿房宮不願爾為漢武黄金屋兩君富貴驕且淫是中唯蓄美女藏珠玉但願爾為幽人廬滿貯烟霞寄空谷有時惟聞讀古書凛凛忠義横在腹有時惟聞彈古桐高調凄涼聲斷續否則搆作承明廬巋然長在天子目廣延天下之英豪獻可替否干王禄此時不獨木爾榮四海蒼生盡蒙福

月夜泛舟

今夕何夕夜未終長空月出光曈曨乾坤一色淨如鏡水天上下磨寒銅晃如徑寸珠高耀馮夷宮清寒泣神鬼奇怪驚蛟龍我乘萬斛舟直入玻璃中䨥槳擊空明孤帆颺天風狂吟發長嘯有似蘓長公湘水居其西采石居其東屈原與李白此地遺高蹤我處二者間拍手招兩翁獨醒醉魄呼不返扣舷大叫應耳聾百年清賞誰與同茫茫千載情何窮採蘭芷兮水冷探明珠兮江

空詩成嘆息無可語因風寄與天地之内古今不朽之
羣雄

芙蓉峰下有梵宫曰智者禪苑寺左右塘蓮花
盛開僧與文士賡和者多予次其韻

馮夷仙人冰玉瑩緑蓋雲鬟踏明鏡嫣然一笑隔烟波
露濕臙脂容貌正道人心地亦清雅不染淤泥出正定
豈無奇士同品題亦有山僧共涵泳芙蓉山色秋更癯
斜日黯紅愁對影喚回西子昔年夢淡粧濃抹嬌相並

不向湖山逞顏色天香槁死無人境有如禪僧懶出遊

白首甘心老鄉井

雪中見寄

六丁劍攪天地水倒瀉銀河灑寒雨舞空鱗甲動天風

玉龍飛下玻璃浦乾坤萬里混清光廣寒誰借脩月斧

奇葩異卉恣粘綴寧煩獺髓鸞膠補無朋懶棹子猷船

何人肯扣袁安戶不愁僵卧酒杯空石鼎烹茶試鸜鵒

次韻

元冥神人眼如水翦綺裁雲雨花雨翩然騎却玉麒麟
東遊弱水西瑤浦手移泰華與祝融削平豈假巨靈斧
似嫌塵世有高下紛紛亂把瓊琚補夢裏渾疑月滿床
醒來但覺雲封戶銷金帳暖阿誰家唱飲羊羔醉鸚鵡

和王存誠洞天長篇

神仙姓字留丹書神仙舊宅巖谷居昔曾躡險探仙迹
問我俗慮何當除長生妙訣誠足學讀書萬卷將奚如
曩思封侯食五鼎今愧半世成躊躕頳軀七尺走塵土

多情白髮勞自梳因君贈我錦繡句夢魂日月金芙蕖
桃源烟水但如昨欲尋舊路仍趑趄焉得瓊杯酌仙醑
與子共駕五色車碧雲望斷杳莫致臨川結網徒羨魚
已辦刀圭生羽翼脱凡換骨乘天輿長揖安期赤松去
握手大笑憑空虛童髫綠鬢垂兩耳天風一任寒蕭疎

春雪

百花憔悴東風寒六花爛漫開正繁東君似欲誇富貴
瓊臺玉樹真珠闌綠楊無力晴拋絮青松不老雲生樹

貪觀天女跨鸞歸失却仙人騎鶴處斜斜整整復霏霏
却憶銜枚入蔡園奇功未立英雄老壯志雖存氣力衰
酒酣舞劍情難歇指點銀鉼莫教竭醉中猶自憶當時
鵞鴨城邊一池月

童子良和徐曉山春暮行樂

落花香徑紅堆積鶯老慵歌蝶懶拍平生愛花復愛春
為見春歸痛憐惜杖藜携却十日遊春風滿袖雲生屐
功名於我果何有棄置有如機斷織但喜杯中面發紅

寧愁鏡裏頭添白空嗟口讀書萬卷却笑身不滿七尺
長安富貴輕薄兒甘心老死黄塵陌大開冷眼看青山
旋拾枯枝煑白石有手不掣東海鯨何心更釣西江鯽
麻衣草履萬念空深悟黄金與瓦礫因君語我徐曉山
我亦聞名未曾識人生豈在見顔色但從意氣中相覔

美許士謙選壯丁有法二章

霜臺憲郎文且武曾侍繡衣持玉斧指揮猛士氣如虹
要縛南山白額虎檄書下縣點壯丁十萬農夫勝羽林

不誇黄牛騎白馬腰弓直入秋雲深喪亂以來無定止
民物蕭條半為鬼郡縣誅求猶未已眼觀心悸淚如雨
於戲安得老天開太平盡戮姦貪天下治
烏臺憲史天下奇姓氏久為人所知風霜面目松栢操
鐵石腸肚氷玉肌羣凶肆虐干天誅潢池弄兵如小兒
中原在處皆反側擄攘豈獨東南陲寓兵於農古王制
憲史於此力主之羽書差兵以萬計頃刻而集敢後期
厲兵秣馬在此舉指日要斬蚩尤旗廓平天宇清海嶽

獻俘授馘朝丹墀東州老翁頭雪白拭目願見承平時
南山有石踞如虎攜歸我欲鐫公碑

謝東陽太守趙子威牧守有理詩以美之時為御史

東陽太守廉而忠風骨自是人中龍分明面帶氷霜容
雙眸炯炯懸方瞳皎然一鏡磨青銅世間何物堪蔽蒙
昔年眷顧恩寵隆繡衣持斧騎碧驄如今五馬白玉駿
下飲雙溪淛水東金鞍玉勒相磨礲大江南來財阜豐
貢賦號稱天下雄邇來賊盜飛蝱蟲潢池弄兵驚兒童

貪官汚吏復妄庸誅求何異蠆與蜂饕餮不已民心沖
溫處在在罹兵鋒花溪小邑俱烟烽可憐州郡一掃空
明公撫安竭至衷至誠感物人共宗揚清激濁體大穹
見善是輔惡乃攻不吐不茹恪且恭視民疾苦勞厥躬
愛育備至久不慵有如名醫治盲聾盲能再覩聾再聰
又如大造運化工初不用力理自融十日一雨五日一
風根器厚薄隨所逢春風桃李秋芙蓉白者俾白紅俾
紅有蔬可茹穀可舂化工何恩及吾儂父老感泣涕泪

濛不圖見此矍鑠翁我願公心與天通舍其小者大是
從廣陳方略達九重盡化四海之羣凶賣劒買犢為年
豐不然上書乞總戎駕御豪傑如轉蓬殄滅醜類無遺
蹤四海混一車書同廓平天宇路不壅露布直到天子
宮獻俘受馘太廟中修文偃武開辟雍尅期封禪泰華
峰大快義士平生胸令當建此補衮功論功合受大國
封堂堂政府食萬鍾揖遜進退咸肅雍身佩安危勢位
崇富貴豈下汾陽公海枯石爛物有終公之勛業高岱

嵩公之令德傳無窮

題愛栢軒古風

軒前古栢顔色蒼鬱如車葢當兩廂霜皮雖無四十圍老榦似有千尺強雲梢已足庇猿鶴月樹或能棲鳳皇孔明廟前曾識面飽沾雨露凌雪霜清陰時作長蛟舞壯氣每學蒼龍翔虬枝直上九萬里蔭覆天下為清涼常疑半夜風雨響怒潮駕浪翻錢塘少焉女媧奏笙簧仙人環珮朝玉皇巋然俯瞰君子室鸞臺鳳閣遥相望

連甍接棟眩青碧雕楹刻桷施鉛黄往來吟嘯謝樵牧
冠蓋絡繹多金章嬌鞍俊馬勢豪逸弭貂鳴玉聲鏗鏘
内中有人貌異常峩冠大帶美且臧紫霞之佩雲錦裳
當軒危坐軒中央手弄瑶琴音琅琅耳邊雅調流宮商
金盤承露傾天漿忽然飲我瓊琚觴柏兮特立堦砌下
歲晚相對操愈剛豈無朱闌護文杏下視不啻兒女行
奇才偃蹇不世出聲價豈減楩楠樟吁嗟爾柏後必昌
大匠遇之未易量或為柱石或棟梁豈可久客卿相傍

愼勿構作祖龍宅驪山突兀之阿房愼勿構作黄金屋
茂陵秋風之劉郎惟憐珍禽貯奇獸多蓄美婘閑嬌嬙
寧當架為幽人廬三重茅屋山之陽雖無精金乏良玉
缾儲斗粟書滿床床頭常留酒一缸壁上高懸琴一張
讀書彈琴飲醇酎醉卧不夢封侯王死生無可無不可
身無富貴名字香達則營建天子堂不傾不倚安四方
招延英傑納俊良致君堯舜弼禹湯羣后歡呼趨廟廊
要令華夏歌虞唐海宇雍熙萬姓康天錫百福壽命長

子孫持此傳無疆栢兮女與有耿光再三語栢栢無語
願言終久毋相忘

姜明德醫學錄任滿詩用美之並以醫之利害
語之

丈夫生世六尺軀飢餐渴飲當及期目觀鼻嗅耳司聽
各職迺事爾勿離喜怒哀樂無妄施威賞之柄不倒持
雍容進退動合宜天其相汝百福隨神清慮淡壽且耆
顏色豐澤毛髮黟無不足兮何所望子孫妻妾皆歡怡

寒溫風雨倘失時人心私欲復蔽虧堂堂正氣日以衰
瘵癘始得乘其危膏肓一穴自古有區區二竪寧知斯
惜哉醫緩不務此倉卒遽謂疾弗治若藥瞑眩罔不愈
縮手退避計或遲乃知用藥如用將用非其類悔曷追
芫巴烏附吾所用參术之輩胡能為信乎藥者亦凶器
古人不得已用之姜君職醫識此理愚民攀慕賢守知
延年却老學妙術回生起死參神奇杏林春色香韻美
芳葩漸滿東風枝他年丹石億萬斛慎勿往取虎竊窺

我身剛强甚無恙半世落魄癖在詩賦性倔强成傲物
胸次未歸平生癡高談驚世鄙俗訶左計失策羣兒嗤
疎狂往往激衆怒而我戲笑方嘻嘻豈無甘言悦人意
胡塞巨口而不訣後先顛倒皆類此頗將斯疾祈君醫
頗將斯疾祈君醫

辛丑歲軍亂後李元常賦詩傷感予次其韻

亂後依然舊城郭青山不老秋雲薄人民皆非可奈何
歲月無情隨逝波短世功名何暇論相逢存殁驚相問

夜寒兒女泣牛衣紫鳳天吳顛倒披訪舊驚心生百感
兩脚如麻春不暖秖多幽滞哭酸風何人背面啼春紅

次韻以述老懷寄前人

龐老何曽入州郭布襪青鞋衣袖薄聘呼不起奈爾何
心似無風井水波竹帛虚名奚足論草廬清夢毋勞問
天風吹袂雲滿衣醉騎黄犢烟蓑披人生有情徒百感
笑聲酒面春風暖可憐奔走牛馬風妄自粉飾誇青紅

過李從道故居有感

數間古屋荒村道滿地蒼烟鎖芳草酒酣獨步憶當年
幾逐西風訪詩老主翁去後寧復來戶外白雲人不掃
青山依舊事盡非斜日黃花為誰好

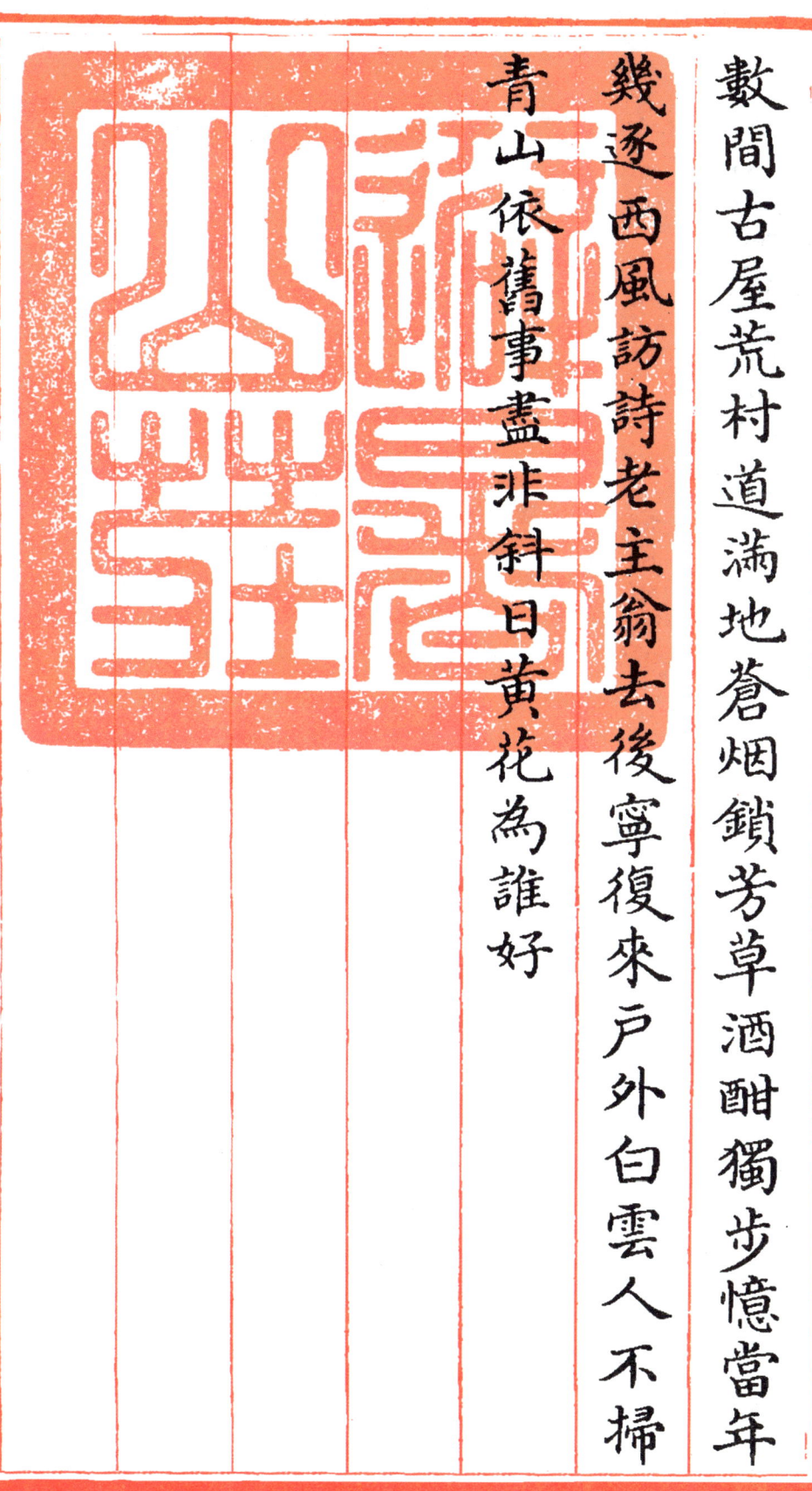

樵雲獨唱卷二

欽定四庫全書

樵雲獨唱卷三

元　葉顒　撰

絶句

次友人題丹井韻

仙人學丹井丹去月華孤無復秋風夜雲邊響轆轤

辛卯冬雪裏尋梅三首

寒雲濕不飛江路踏瓊琚杳影無蹤跡羅浮月上初

月色滿人間前村步又艱南枝尋不得何處是孤山
逋仙凍欲僵春色惱吟腸繞樹全無影滿身都是香

游三洞金盆諸峰絶句二十首

長松撐白雲偃蹇幾千載而我能幾何松雪鎮長在
策杖遊洞天石羊卧荒草平起不載逢幾見春風老
仙翁出洞口笑我兩鬢華塵世累變更翁貌長如花
雲巔老猿吟松下仙犬吠山童不知名嘯入青雲去
峩峩萬疊山曾閲幾人老我老不少年山老色愈好

渴斟東澗泉飢煮西山石醒時策短筇醉後橫長笛
岧嶢金華峰蒼松凜高秋仙人坐不成歲月空悠悠
青山如佳人白雲如遊龍佳人節不移遊龍去無蹤
我昔為童兒登高而作賦我今髮如霜青山但如故
徘徊三洞天拚作十日留何當約安期共為千載遊
山靈見我來撫掌一笑莞喜我成此遊怪我來何晚
不為世網縈肯受儒冠悞茲遊快平生並了泉石痼
大山嚴而尊小山婉而秀往來兩山間巖霏濕吟袖

平生酷愛山嗜好如猿狙行將脱塵俗上與浮雲俱

久從山中遊頗識山中趣狂吟採松花撼動雲棲樹

已無名利心猶有烟霞疾汲彼千尺清洗此方寸癖

犬吠人家近鳥啼春晝晴澗草有幽色野花無定名

怪藤揺蒼烟芳林滴晴雨閒花逞嬌姿笑舞春風裏

褰衣陟芙蓉捩雲拾瑶草寘之懷袖中食之顔色好

雲邊學仙子貌古懸方瞳閒揮白玉麈笑坐青石峰

曉窓禽語二首

紙帳夢初醒山窓月上明宿雲離石去幽鳥話新晴

殘月滿山阿長松弄清影幽禽啼數聲吟窓人睡醒

題丹井二首

閒雲埋甃冷皓月照前空仙與丹俱化苔花弄曉風

浴丹仙已遠甃冷蘚痕鮮斷綆無人汲空遺浸月泉

題丹竈

丹成仙去後竈古白雲邊灰冷空餘燐林荒鎖斷烟

題石羊二首

二仙牧羣羝食盡丹田草化石幾何秋牧羊人未老
山邊牧羊者誰得似初平羊化人俱往年年草自榮

王粲江樓

王粲登臨客雲閒獨倚樓西風千里興落日半江秋

莫愁烟艇

莫愁江上艇月夜扣舷歌甚欲尋遺跡江空烟浪多

范蠡雲舟

范蠡平吳後秋風理釣船情空青嶂下夢落白鷗邊

嚴江獨釣

光武中興主嚴光避世翁雲邊一片石江上幾秋風

赤壁清游

魏武吟詩夜坡仙玩月秋英聲流後世清興動南州

夢遊金盆峰二首

愛山如猿猱清嘯卧雲石山雲入夢來相見如舊識

有懷金芙蓉經年未能去青山入夢魂白雲生杖屨

看山

薄俗易炎凉浮雲屢更變耐久屋外山相看無厭倦

題泉石高情圖

流水閒雲外青山落照中詩翁扶瘦策相與聽松風

題西施蹙額捧心圖

憔悴雨娥顰春山鎖恨深東鄰正當膽西子謾捫心

秋日飲友代柬二首

烏帽風前落黄花雨後香淵明三徑裏明日共壺觴

詩骨秋來瘦山花日暮香殷勤一樽酒相與慰荒凉

草堂歸來圖二首

鶴髮兮倚閭山空兮夕暉白雲兮髣髴遊子兮其歸

遊子歸心切慈親望眼空白雲千里意瘦策倚秋風

踈齋晚步

荷老難擎露水清偏見魚好磨青玉觜一鮑更何如

巖前夜坐

脩徑白雲幽山空明月秋長松高百尺明月襲衣裘

秋暮田園雜興二首

濁酒滿斟自適柴門雖設常關與老爲期白髮相看無猒青山

峰頂雲閒懶出松邊鶴去應還獨步秋風頂上興來聊盡吾歡

春郊即景

微雨才晴天氣輕寒釀暖時光柳外涼飈滿袖花邊香露沾裳

沙溪清隱

繞屋一灣水綠迎軒數朶峰青沙露鷗盟新定雲松鶴夢初醒

幽居即事二首

吟座半窗殘照琴床一枕閒雲塵外興懷有味世間姓字無聞

騎牛過白雲嶺放鶴出翠松關樵唱偶歌一曲清聲直度千山

九日寄興三首 庚申歲

故侶無心送酒老翁有意留題舊日龍山佳會如今風雨淒淒

白髪淒涼舊里黄花冷落東籬西望夕陽歸去淡烟衰草堪悲

黄菊香殘夜雨烏紗醉落秋風回首十年舊事亂雲流水西東

月夜梅邊即事

香裏寒雲滿溪月明津渡人迷夢入江南舊路夕陽流

水橋西

送阮師真之宣城

江東日暮雲間敬亭千古高寒若見謝公傳語沈郎依舊衣寬

送人侍父入吳

生子如李亞子不然如孫仲謀景升諸郎豚犬焉能侍父遠遊

與故人叙别

六尺形軀消瘦十年故舊西東試問市橋官柳別來幾度春風

遊北山諸峰四首

水泠泠兮樂奏風細細兮鸞吟月隨人而有意雲出岫以無心

山嶙峋兮北邁水嗚咽兮東流欲尋源而遠去思絕世以無求

約芝蘭之環珮葺薜荔之裳衣躡烟雲而高蹈世與我

以相違
折南澗之芳芷採西山之嫩薇贈佳人兮為好與握手
兮同歸

時苗留犢圖

楊子平生四畏劉郎臨别一錢甚矣時君留犢審觀三
老孰賢

題王壽卿烟雲疊嶂圖

一百八盤山路七十二峰曉寒日暮烟横谷口雨餘雲

宿松端

題李克明翁媼起家圖一翁以指就醋瓮取醓吃之嘗其味之美惡一媼持星火吹燈備諸窮態

乃叟宵衣製醋厥妻忘寢治燈辦此難成家業遺彼不識元曾

樵雲獨唱卷三

樵雲獨唱卷四

元 葉顒 撰

絶句

題時苗留犢圖二首

秩滿言歸父老憂臨岐分犢較蠅頭男兒利物忘天下未必區區在一牛

留犢歸牛駭見聞古今唯數一時君設令買寵生賢嗣

未必邦人敢見分

示小兒阿真牡丹二首荼蘼春暮各一首

絳色羅裳緑色襦沉香亭北理腰肢含風笑日嬌無力恰似楊妃睡起時

淺紅深紫間輕黄天下無花敢比芳素與東君同富貴肯隨凡品擅稱王

一點檀心氣味長向人無語舞霓裳千紅萬紫消磨盡猶有香吹不斷香

老紅新緑駐烟波無奈青皇促駕何又是一年春事了
杜鵑聲裏夕陽多

晚步

偶隨芳草踏斜暉石徑雲深翠滴衣兩袖天風明月上
杖頭挑得樹陰歸

秋夜看月

廣寒宫闕桂香浮萬里無雲獨倚樓明月滿空天似水
西風吹斷海門秋

次韻周安道憲史仲春雨窓書懷十首

繰烟楊柳千絲緑過雨薔薇萬點紅詩句滿前吟未穩
好懷寫在夕陽中

深院梨花呈膩粉鄰牆艷杏褪殘脂池塘雨後蛙聲閙
半為官鳴半為私

茶鼎松濤翻細浪桃溪花雨湧香泉旋尋筍蕨春山下
不枉江南二月天

緩騎黃犢尋芳草閒倩蒼頭掃落花醉後不知新過雨

巖前應濕舊烟霞

破除愁悶無過酒消遣情懷正要詩燕子未來春又半
一簾花雨海棠時

長笑陳摶爭似睡深非杜宇不如歸男兒正要成功業
拭目江山看落暉

愁來倍覺詩難和醉後寧辭酒滿斟夜雨驚醒塵世夢
春風吹老少年心

一春憔悴未曾晴況是簷聲入枕鳴却怪夜來詩夢好

草塘雨過月初明
凝烟芳草入踈簾過雨閒花點澗泉正是清明時節近
鷓鴣啼過夕陽天
蝶懶鶯慵燕語衰紅羞緑怨濕難開晴窗悞聽山禽樂
又是鳴鳩喚雨來

用前韻序山家幽寂之趣呈前人十首

夕陽香徑逐東風瘦策輕扶數落紅信步偶隨流水去
不知身到白雲中

棠梨睡起嬌啼粉桃杏香濃淺抹脂自是從來肌骨好
春風寧為一花私

滿盛煮茗春波月旋汲澆花石澗泉客至不妨頻酌酒
醉開白眼看青天

春風綠盡江南草夜雨紅銷樹底花獨立斜陽多少恨
長空捲散暮天霞

興來浩飲淵明酒醉後豪吟太白詩獨坐獨行芳草地
半晴半雨落花時

閒中採藥雲邊去倦後扶笻花下歸幾度吹簫陪好月
數番橫笛送斜暉

蜂蝶漸慵春漸老詩辭頻和酒頻斟年來深識山中趣
老去全無世上心

雲舒山色千峰秀雨過蛙聲兩部鳴多謝知心峰頂月
夜深常到寢床明

摳衣穩坐棲雲石洗耳閒聽漱竹泉夜半有時長見月
人間無夢去朝天

一任猿驚野鶴猜老懷笑口要頻開高眠蕙帳春風暖
不怕雷聲入枕來

人或問予雲顯舊隱尚無恙者賦一絕答之

瘦竹長松小徑花故園泉石鎖烟霞白雲無恙青松老
依舊山中宰相家

贈畫史王玉峯

百頃風烟生畫寒萬山重疊起豪端前身莫是王摩詰
畫出娥眉擁翠鬟

題王壽卿烟雲疊嶂圖

斷岫平山點畫麄嵐光濃澹有如無何時直到羣峰頂
萬疊雲烟一老夫

贈寫真張小峰二首

飽歷風霜骨格麄老來漸覺髮毛枯形容妍醜從君畫
畫得平生執拗無
古貌清如雪後松吟肩瘦似雨餘峰莫將山上耕雲叟
錯擬巖前板築翁

登樓聞笛有感

笛聲吹起白雲秋兩袖天風獨倚樓北望中原何處是落霞孤鶩古今愁

一聲長笛夕陽樓總是關山舊日愁杳杳山青雲盡處淡烟衰草不勝秋

題赤壁圖

曹公智計世無雙席捲南來孰敢當濁浪翻江迷赤壁誰知猶有一周郎

讀宋紀

顯德衰微國祚遷兒孤母寡足堪憐如何宋主迎闕

和李本存孤字韻

夕陽山塞笛聲孤半醉轅門語笑麄舊日讀書蕭寺月夜深曾到帳前無

瘦聳吟肩野鶴孤衣冠山野禮容麄政嘶聲譽非君比却喜功名入夢無

月冷霜寒老將孫北風吹雪勢還麄方今四海皆元濟
未信忠剛李愬無

清比梅花帶雪孫吟腰瘦減十圍麄約君淨掃南山石
共坐雲邊話有無

老首頻搔鬢影孫惜無三尺斬頑麄何當略借天風便
為掃妖氛半點無

孫劉何苦各稱孫想是當年計畫麄若使盡忠扶漢祚
坐觀曹魏眼中無

春初即事

怕寒猶自怯羅裳嫩柳偷春淺試黃青草已生詩未就

阿連無夢繞池塘

李本存疊有和章再和孤字韻二首

撚髭索句興懷孤信手圍棋着數麤病酒風情愁後減

惜花春夢老來無

新詩清似玉蟾孤意度安閒細不麤島瘦郊寒元白俗

開元之後晚唐無

題李克明翁媼起家圖二首

阿婆吹火燄光寒老叟嘗醯氣味酸後代兒孫寧識此高燒銀燭照杯盤

小甕吮醯酸透骨寒釭吹焰火燒眉何時翁媼花燈下珠翠成行捧玉巵

題靜齋手卷

雲凝不動青山老花落無聲白晝閒松影半窓清睡醒卧看流水夕陽間

丙申大旱呈時官二首

雷久無聲電斂光老龍何地竅韜藏只愁遂失蒼生望何不留心濟四方

自夏經秋百日晴更兼無處不戈兵千疇萬畝乾枯盡留得衰荷聽雨聲

冬夜梅邊即事

羅浮山下白雲深一枕師雄夢未成殘雪初消明月上東風吹徹玉簫聲

冬夜聞笛出入韻

午夜誰將玉笛吹白雲滿地濕難飛驚回一枕春風夢
月上花梢最好枝

初夕暑退生涼

溽暑初收生暮涼風將秋信入虛堂芙蓉峰頂夜來雨
溪水新添二尺强

霜天曉角

耿耿星河曙欲流角聲悲壯起層樓滿空明月青霜重

人與梅花一樣愁

梅花分韻得詩字

木萼霜葩帶雪枝月中香影最清奇林逋去後東坡死
近日江南未有詩

讀宋徽宗北狩龍沙賦忍聽羌笛吹落梅花樂
府

一聲羌笛咽龍沙萬里燕雲獨夢家吹入中原都是恨
如何只怕落梅花

春日午窻睡起

日移花影轉簾西風撼松陰落研池好鳥不鳴芳晝寂午窻清夢醒來時

題石勒參佛圖澄手卷六首

石勒亡宗怨季龍虎於冉閔恨何窮佛圖果有先人見盍把深機悟二公

劉曜成擒一語中當年老禿亦英雄可憐只辨平常事忘却中原逐鹿功

健兒傾意叩圖澄眼見狂劉一鼓擒絶勝漚麻池水上
老拳毒手日相尋
推恩忘怨漚麻池便是劉郎就縛時成敗當年人盡識
未應惟有一僧知
擒劉奇策算無遺石氏存亡必已知三十六孫同日死
佛圖何不預言之
東門倚嘯聲音遠西域參陪禮義專折節李陽吾未論
並驅光武孰先鞭

春雨晚霽

東風吹雨作絲輕
駕勒餘寒放晚晴
滿地濕雲收未盡
一簾花影不分明

幽齋夜坐效山人體

一邱一壑白雲深
一笛秋風一曲琴
夜半一窗明月色
一杯松露洗予心

晚酌山家即事

濁醪初熟正雞肥
野老衡烟跨犢歸
漉酒烹雞成小酌

醉眠忘却脱蓑衣

贈山翁二首

草廬深寄夕陽村世路榮枯久不聞二畝石田耕犢罷

又騎黄犢入深雲

古貌虬髯鶴髪翁醉吹長笛卧高峰不知胷次藏何物

鼓舞春風宇宙中

西子捧心圖

員也捐軀死諫君越王嘗膽恨尤深西施亦解憂人國

盡日攢眉痛捧心

讀荆軻傳

壯士西遊遂不還英雄千古笑燕丹至今幽薊秋風道
依舊蕭蕭易水寒

磻溪釣圖二首

渭水風生兩鬢秋平生意在釣吞舟如何八百封侯國
也遂鯨魚競上鈎

白髮荒涼釣渭濱宅心非是為金鱗不知絲線長多少

牽掣江山八百春

題伍子胥傳後

子胥忠孝兩難偕破楚鞭君謝父讐何事危言强諫日
死無賢嗣撻夫差

題三傑

蕭何二首

匹馬追亡古道傍便知韓信世無雙築壇不用蕭侯語
垓下焉能滅楚王

獨收相府舊圖書形勢高低盡得知鎮撫關中成帝業
沛公馬上豈能為

韓信

劉項存亡指顧中君臣未定各稱雄早知鳥盡弓無用
未必慇懃謝蒯通

張良

一擊秦車水逆流當年銳志復韓讎偶因天地風雲合
扶立炎劉四百秋

冬景十絶 李從道麗澤詩社出題至治己未至己亥四十年矣

鷺立寒江

青苔白石魚鱗腥盡日獨拳寒雨汀疑是晴江沙上雪
黄昏一點不分明

寒江獨釣

扁舟獨釣烟茫茫醉着蓑衣不耐霜最是月明無伴侶
一聲漁笛出滄浪

霜天曉角

城上征人吹角聲月寒霜重聲冥冥孤舟萬里南遷客
起着衣裳帶夢聽

江路梅香

漠漠江雲路不分小橋分流夕陽村吟翁馬上頻回首
一陣東風暗斷魂

板橋霜曉

月中青女下瑤空瀲灩寒波跨玉龍畫角一聲天未曉
前村梅下有吟翁

茅簷曝背

門外三竿紅日遲向陽花木暫熙熙老翁曝背亭前坐
自取經書教小兒

書舍寒燈

青燈黄卷伴更長花落銀缸午夜香異日長鑅珠翠裏
苦心寒焰莫相忘

梅下清吟

吟肩瘦聳白雲根興繞孤山水竹村月上南枝詩未就

暗香疏影又黃昏

紙帳梅花

銷金帳暖酒盈觴醒後依前世慮長何似白雲深處卧
春風一枕夢魂香

烟蓑釣雪

萬頃玻璃失釣磯白雲片片補蓑衣鳥聲斷絕人蹤滅
獨向蘆花月下歸

唐武則天傳

天人共憤世皆嫌垂拱焉能二十年誰信裙釵珠翠侶
返勝冠冕任英賢

闕

爆竹二首

一聲爆竹透雲端，驚醒蒼生睡不安。若使江淮豪傑聽，定應嘶悚膽先寒。

非常聲响聒天來，鼓動陽春海上回。偶爾驚人還寂寂，情知不是武侯雷。

丁酉仲冬即景

雪水煎茶

枯枝旋拾帶氷燒雪水茶香滾夜濤党氏豈知風韻美
向人猶說飲羊羔

地爐煨芋

地爐煨芋足充饑涼薄家聲勝富兒李宻懶殘風味在
寒灰冷火澹相知

雲巢鶴睡

烟梢深處穏栖翎標格孤高逈出羣只恐聽琴驚夢醒
踏翻松頂一巢雲

月嶺猿啼

樹頭清嘯兩三聲紙帳梅花睡欲成喚醒冷泉亭上夢
嶺雲飛動月初明

玉樓吹笛

天風吹笛落天涯萬瓦霜青月影斜驚醒羇人猶自可
江城只怕落梅花

梅屋彈琴

琴張甌茗伴爐薰三弄梅花月下庭香影孤高音調古

空堦誰許鶴來聽

衛寒貰酒

擁被酸吟雪未晴拾樵路斷閉松扃相如病渴誰來管自整衛寒貰酒瓻

踏雪尋梅

雲礙前村路不通暗香踈影杳無蹤瓊琚踏碎知何處月上孤山第一峰

梅梢月落

斗轉參橫午漏遲一輪寒魄墮南枝玉簫吹徹青霜冷
正是詩人夢破時

松逕雲深

數片和烟裹石苔空林長惹鶴猿猜天風吹度長松下
僮子慇懃掃不開

雪夜乘舟

月色波光共一溪水天上下漾玻璃孤舟蓑立清如許
何必山陰訪戴逵

霜晨覓句

霜月凌凌獨凭闌推敲未定怯衣單眼前佳句無人識
詩比梅花瘦一般

枯木寒鴉

老樹經霜帶夕暉十圍橫跨小橋西羣鴉不怕雲巢冷
夜夜黄昏來上啼

孤松老鶴

城郭依前歲月非巢空雲冷影相依長松月落天風遠

時向青山盡處飛

書窓梅影

踈花冷蕊映書窓勾引逋仙蝶夢狂縱使春風吹散後又隨霜月上書囊

石鼎茶聲

青山茅屋白雲中汲水煎茶火正紅十載不聞塵世事飽聽石鼎煮松風

尋梅二首

石根巖畔與山陰瘦馬羸僮到處尋流水溪橋沙路遠
何愁雲容更山深
落日孤村石徑斜挨雲深入野人家小溪流水春風暖
恐有枝頭半吐花

松徑清遊

驢載新詩僕抱琴白雲幽徑夕陽林天風十里青松頂
滿耳笙簫太古音

梅影二首

寒風凍蝶謾驚猜積案春風撥不開霜月滿窓詩夢醒
更無一點暗香來
夜深隨月上紗窓粧點西湖處士房驚醒一床蝴蝶夢
春風冷落淡無香

贈相士二首

貌古如松卧壑秋虬髯鶴髮炯雙眸衰顔未用煩公相
自許書生老不侯
虎視陰陽膽氣麤平生事業遂雄圖不知侃侃怡怡輩

也入先生相法無

秋日南樓晚霽即景

夢破虚堂生暮愁晚雲將雨過南樓西風掃淨長空翳留得天邊桂子秋

讀秦始皇紀

衡石稽程了萬幾日斜猶未下丹墀巡南築北關防盡禍起蕭牆却不知

春雪

粧點瓊英上玉梢瞞人春雪遍芳郊情知不是豐年瑞
贏得長安酒價高

清明有感

落花庭院晚風輕芳草池塘夜雨晴獨步獨吟消白日
閒愁閒悶過清明

得耳聾疾戲呈無聞聰老

曉枕不聞喧澗瀑夜窗寧聽響松風雖然未遇馬師喝
也勝前人三日聾

題卞和泣玉圖手卷二首

一獻無功便合休殷勤三獻欲何求至今寒璞荊山下

月色蒼蒼萬古秋

忍把連城價放低傷心刖足未心灰丈夫自古慙輕獻

女子從來恥自媒

懷赤松雲顯舊隱

白雲青巘是吾家門外長松樹樹花身在異鄉歸未得

夢中猶賞舊烟霞

月夜

萬朶白雲歸岫後一輪明月到天時乾坤清氣無人識借得樵夫短笛吹

題雪巖畫倒蘭

黃增卿題云嫋嫋春風一樣吹托根高處欲何為從渠自作顛倒想終有懸崖撒手時增卿舉進士歷官已至行省左丞及歸私第幅巾布衣澹如也予喜賦一絕於其後

托根孤峻極尊崇俯視羣芳迥不同到底謙恭隱君子何曾仰面笑春風

夢故友清玉泉首座

飄零湖海昔年僧握手論心久未能夢裏匆匆忽相覿解言雲屋共青燈

月中仙女驂鸞圖

雲邊仙女夜驂鸞月下霓裳舞袖寛吹徹紫簫風露下玉容元髪不勝寒

樵雲獨唱卷四

（印章）

欽定四庫全書

樵雲獨唱卷五

元 葉顒 撰

律詩

幽居雜興

陳齋清夜醒修徑白雲長袖歸南山影心潛上國光西

風巖桂老細雨野椒黄地僻人蹤少烟扉開竹房

和張仲達客蘇州春暮覽古韻

異國逢春暮驚心對日西潮生吳水冷雲壓楚山低老樹風霜古荒城烟雨迷夫差舊臺館花落鷓鴣啼

重陽感興 甲午歲

佳節明朝是同誰上翠微西風人易老南國雁初飛黃菊清香晚烏紗白髮稀牛山今昔異感慨欲沾衣

次李本存見寄韻 本存江西省掾尋調永喜巡檢秩滿寓婺之道林精舍

陶令歸官後琴書對酒杯未聞丹詔起長伴白雲來夢裏鄉關遠閒中歲月催草廬春漸暖應動武侯雷

復次本存見寄韻

寫興詩千首論心酒一杯初疑彭澤去旋喜謫仙來老歎青衫冷愁驚白髮催從今更高卧鼻息撼春雷

送應空谷上人遊吳尋師僕於湖山泉石有疇昔之好末章故及之

遠近西湖路高低釋氏宮猿啼青嶂月潮落碧江風鐘鼓残陽外樓臺烟雨中挑包明日去迴首白雲東

落日南朝寺吟笻幾度登欲尋前日路去訪昔年僧淅

水生新浪吳雲暗舊燈阿師如到彼為謝嶺南能

題應上人淨深精舍

一室絶纖塵爐烟貝葉經每呼明月至常遣白雲扃竹色侵書幌荷香襲小亭晚來開甕牖放入數峰青

代張匡敬送憲史武文獻還浙西

儒衡家世舊氣節老彌剛誰謂更千古猶能出一郎烏臺知姓字白簡凜風霜後夜吳江月清光應更長

感懷

天步艱難日人情向背秋慚無醫世術喜免抱官囚發憤尋青史消愁數白鷗草廬諸葛輩幸出為時謀

午窗睡起偶吟閒花落硯池小兒汝廉率爾應聲曰香絮粘棋局遂足成一律

睡醒碧窗虛無人松影移庭空晴晝永徑靜夕陽遲香絮粘棋局閒花落硯池坐看烟樹鳥飛過白雲枝

題扇面景物

溪童雙眼碧照映綠波心釣艇橫烟水漁歌起夕陰峰

巔涼月上澗底白雲深傲睨天風頂芳樽獨自斟

小兒士簾賦碧桃蝴蝶二首呈改為賦唐律示

之

王母下瑤臺瓊花溢路栽似嫌紅粉俗長傍白雲開玉

質風前舞天香月下來劉郎猶未識蜂蝶莫驚猜

粉翅舞風輕雙飛趁晚晴聯翩花日暖來往柳烟清穿

徑尋香絮過牆逐落英莊生千載夢驚醒世間情

紙帳

琴榻生虛白吟帷異馬融睡無紅霧入醒有白雲封月窟光千丈塵寰路萬重梅窓香影瘦清夢聽松風

已酉新正

天地風霜盡乾坤氣象和歷添新歲月春滿舊山河梅柳芳容穉松篁老態多屠蘇成醉飲歡笑白雲窩

七月望夕予曳杖步月直造峰項高吟朗咏劃然長嘯興盡而返明日山下居人咸言聞清嘯驚醒塵夢者數十家予因賦詩以紀其事

云

藜杖策風輕芒鞋步月明鶴翻青鏡影猿度翠巖聲草露沾衣冷松泉漱石清崇岡發長嘯塵世夢驚醒

九日東籬晚興

杳杳柴桑路東籬對夕陽斷虹初霽雨新鴈欲迎霜黄菊秋香老烏紗雪鬢涼王宏人去遠目送楚峰長

閒居效陶體

彭澤歸官後悠然對菊花風雲生杖履雨露蔚桑麻巷

僻門常設樽空酒屢賒柴桑長在望三徑接晴霞

憶先母

憶别慈顔後年華逝水流萱堂猶一日松墓竟千秋誨育恩無盡生成德靡酬白雲空入望清淚濕衣裘

巳酉雪

人世白雪封光輝萬境同江山迷夜月宇宙動春風柳絮高情遠梨花舊夢空蹇驢懷鄭綮清賞灞橋東

九日

霜重雁初飛江空蟹正肥黄花經雨瘦烏帽任風欹滿
飲王宏酒豪吟杜牧詩東籬多感興況近夕陽時

晚回自赤松小桃源賦二首

仙子丹成後乗鸞翠靄間笙簫風細細環珮夜珊珊羊
化雲埋石猿吟月滿山桃源春欲老花落夕陽間
徑鎖緑苔新庭空市井塵草青巖洞雨松翠石林春初
起名空在留侯跡已陳玉簫聲斷久片月下嶙峋

觀史有感

閒中觀史册感慨淚潸然幸喜平生拙驚呼異代賢張良知説駕范蠡解乘船餘子乘酣者貪杯醉不眠

雪水煎茶

雪水烹佳茗寒江滚暮濤春風和凍煑霜葉帶氷燒陶穀聲名舊盧仝氣味高党家寧辦此羔酒醉清宵

癸丑新正試筆二首

雪霽氷霜盡泥牛喜着鞭性情猶舊日節序又新年世態縈胸次春光耀目前屠蘇今日酒自笑不吾先

舊臘隨宵盡新陽向曙來晴光浮竹葉春色滿椒杯稱
緑粧梅萼嬌紅透杏腮雪消江岸柳便學舞章臺

誕日 前元己丑仲春予知命之年甥童中州賦詩壽予揆今二十五年矣甥亦五旬予曾賦五言唐律一首令書於此云

常憶垂弧日俄驚學易年高情輕富貴雅志樂林泉白
髮三千丈清吟數百篇行藏皆在我消長繫乎天

梅亭負暄

梅屋朝暉暖融融體氣舒曲肱紅日裏閉目黑甜餘天

地溫和候乾坤混沌初盎然春透髓盡晒腹中書

小春探梅

獨步孤山下來尋帶鮮枝江村流水晚沙路夕陽遲僧屋閒雲徑人家小竹籬春風吹薄袂細細襲詩脾

採蓮歌

越女淅江頭烟波萬頃愁往來荷葉浦蕩漾木蘭舟島潤香雲冷江空明月秋清謳三四曲聲斷白蘋洲

秋日有懷帥府李從道二首

雨後復斜陽天風兩袖涼黄花秋夢淡紅葉晚晴長訪
舊心千里澆愁酒一觴詩翁定何許西望白雲鄉

予别金盆後烟嵐野鶴愁心應遊北里身尚寄南州落
月雙溪夢西風一劒秋夕陽山下寺時憶昔年遊

東方有一士

東方有一士不結塵世緣朝卧空山雲暮汲石澗泉行
吟夜月中醉舞春風前問之竟不答一笑三千年

鑿井

高原鑿深井水流聲淙淙三嚥清肺腑凛然氷雪容雲
埋石甃冷月照山泉空汲引君勿辭是中有神龍

蠟梅

春滿紫綃裳淡黄宫様粧薔薇露下色山礬晚來香月
下開金盞風前換玉裳尚餘風骨在踈影卧寒塘

讀致和改元詔

聖德如天大皇風四海清乾坤新歲月卯堅舊心情詔
旨宣金口臣僚拜玉京江南遺叟説垂老願昇平

懷湖山靈隱朋獨孤書記

每憶湖山下烟嵐半有無西風肥芋栗細雨老菰蒲世事秋雲散禪心夜月孤輕包連瘦策吾亦夢江湖

次韻送師府李從道考滿赴都

山中忘歲月世上變炎涼竹帛虛名盛松關野興長贈詩無好句話別久離觴道過濟南府光輝衣錦鄉

送天台僧雪中入杭

杖策路迢迢經年别石橋厭聽方廣磬去看浙江潮雪

透麻鞋冷雲和布衲挑舊時清隱地月落故山遥

憶三衢徐志允

磊落三衢士身今在翰林滿斟徐邈酒高誦杜陵吟燕
北身名重江南感慨深金鑾波上月應照故人心

春夜遊西園

春色晚來濃良宵興未窮海棠呈膩雪楊柳舞香風蝶
夢翻花冷蟾光度酒空西園人未散飲罷滿城鐘

訪赤松道士不值

仙翁何處去殿古白雲深丹竈留殘火青煙鎖近林尚
遺羊化石應誤鶴聽琴舊日同遊處山空住夕陰

遊赤松宮二首

杖屨策天風桃源路萬重草藏羊化石雲護鶴巢松藥
化留丹井蓮開老翠峰初平與初起吾亦願相從
神仙遺舊宅地逈絶纖塵丹井雲封古青山雨洗新桃
香巖洞雨芝老石田青近日來遊者多非避俗人

贈修真羽士

道人容貌古縹緲隔烟扉採藥穿雲去尋真跨鶴歸久嘗芝朮味慣着芰荷衣拍手蓉峰頂相招上翠微

題劉阮遇仙圖

山中風景美劉阮此忘家犬吠尋真客泉香出洞花衣冠猶漢代爐鼎問丹砂莫戀人間世人間日易斜

贈漁父

短笛逐秋風孤舟釣月中綠蓑烟浪遠白髮世情空不讓嚴陵操寧貪范蠡功江山無限好蘋白蓼花紅

贈牧童

牛背夕陽紅行行逐斷虹烟迷青嶂雨雲度小溪風短笛江村晚長吟宇宙空幾回芳草岸高卧月明中

春雨

雲罩千山暗恩沾萬物春溶溶添細浪點點濕芳塵紅洗花容淨青滋柳色新東郊農事動漸快一犁人

春晴

曉洞雲歸濕春山草木新夭桃含宿雨嫩柳裊輕塵蝶

翅寒猶怯蜂衙晚漸陳香風簇羅綺已有踏青人

池塘春草

春色滿寒漪萋萋欲染衣晚烟迷淺碧斜日映清輝靈運名空在王孫去不歸一春無好句詩夢近來稀

梅邊索句

草舍白雲扉巡欄笑撚鬚暗香覃雅思踈影入新詩江路東風冷溪山落月時苦吟吟未穩清興繞寒枝

落梅

一夜東風急南枝數片殘何人吹玉笛獨自倚朱欄落
地魚鱗薄尋香蝶夢寒醉眠花樹下偏得壽陽歡

題丹邱圖送周元善台州直學

去去丹邱客雲山萬疊深吟鞭驅瘦馬倦僕負孤琴芹
水鄉關夢蓉峰故舊心杏花明月下莫忘寄遺音

和王存誠遊洞天

昔我遊洞天意馬得休止平生塵土夢盡付滄浪洗回
首名利場十年不掛齒去去青雲端褰衣訪平起

宿智者草堂

夜宿蓉峰下烟嵐鎖翠鬟鐘鳴黄葉寺月上碧雲關老虎蹲危石吟猿啼亂山明朝出城市清夢落塵寰

智者寺僧往金陵

聞子攜缾錫孤舟至建康遽辭妻約寺遥禮寳公坊松子僧前落梅花客裏香莫同胡達磨無語達梁王

贈宦遊張平叔

乾坤英氣客湖海倦遊人看鏡始知老見人寧話貧功

名驚壯志琴劍誤閒身何日秋江上清波洗宦塵

過栖碧何羽士舊隱

泉石渾無恙仙翁去不回雲深香木老澗冷碧蓮開劍掛松關月丹遺藥灶灰昔年脩煉地長誤鶴飛來

代某官寄友

不信宦遊拙功名未有成半生燕北老十載越南征每嘆黄金盡空驚白髮生何時燈火夜相與話歸耕

久客寄鄰叟

久客秋仍晚烟霞鎖敝廬晴江思共釣雲嶺憶同鋤貧賤交情薄飄零酒盞踈何當風雨夜歸讀舊時書

霜晨二首

殘月過樓臺霜鐘驚夢回畫開煨芋火撥盡滿爐灰旋整雲邊屐閒尋雪裏梅春風深有意頻送暗香來

琴榻對山城僧鐘半夜鳴玉簫音調遠紙帳夢魂清霜重蟾光冷山空鶴影驚南枝芳信動春色正關情

霜夜

霜冷月交輝春風暗透肌襟懷添醖藉胸次發新奇斟酌酬佳景推敲話舊詩暗香生薄袂踈影寫枯枝

與客話湖山佳勝予足不至者四十年因賦此以叙舊事

不踏湖山路驚心四十秋六橋前日夢孤棹昔年遊歲月浮雲改興亡逝水流西風吳嶠寺落日浙江樓

幽齋秋晚

木落遠山佳荆吳接兩淮秋深紅樹嶺人老白雲齋竹

色頻侵袂苔痕欲上鞋宵深明月色清爽透吟懷

山居即事

吟榻障松屏巖扉護竹亭臨風梳白髮對月讀黃庭澗古千尋碧峰奇萬疊青彈琴坐雲石頻惹鶴來聽

圍棋

黑白未分時其中一着奇已空生死見寧墮戰爭危持重機常速爭先計或遲捐微存大勇勍敵盡吾歸

日暮江村雜興二首

杖屨陟崇邱絲綸釣淺洲衡烟遊野寺玩月上溪樓屢訪雲林鶴閒盟沙路鷗漁歌音調美聲撼半江秋

釣艇已收緡無人深閉門雲生沙上石月出水南村寂寞寒潮遠微茫烟浪昏孤舟中夜笛感慨動吟魂

江村晚景

華髮映清流江山事晚遊雲舒江影淨霜落水痕收鴈陣新横浦蟾光欲上樓鐘鳴楓樹嶺秋老荻花洲

孤舟夜泊 舟一作洲

烟棹越波東漁歌逐斷虹雲粘青樹冷潮駕翠濤空夢醒孤舟月情舒短笛風曲終秋漸老江濶暮山重

漁舟晚泊

釣艇近黄昏孤蓬載夕曛烟潮歸柳港涼月出蒲根短笛雲端弄清謳夜半聞漁燈明復滅寂寞度前村

山莊即事二首

倚檻看雲飛開簾放燕歸草生烟翠冷花落晚紅稀對酒歌金縷彈琴弄玉徽醉醒深院月芳影上荷衣

策杖步松關銜杯看遠山青鞋陪月出翠袖裹雲還芳草斜陽外落花流水間山林多樂意無夢到塵寰

春晚

春去欲何歸江南古路岐日長鶯燕懶花謝蝶蜂疑香徑紅應減高峰翠益奇薰風琴調遠衆緑上芳枝

晚窓

紅日轉巖扉幽人清夢迷遠遊黄葉徑横過白雲谿芳興隨流去高情與嶺齊莊周身外蝶栩栩栢庭西

山莊小隱

茅屋小柴門前峰烟樹昏夕陽芳草徑霽雨落花村竹下安茶竈山邊置酒樽吟翁常款曲佳句細評論

辛丑年亂後歸故園

亂後鬚兼白春來草復青水環垂釣石雲護讀書亭與客論孤憤從人笑獨醒艱難思避世貧賤欲忘形

遊山夜宿僧寺

翠袖倚天風雲封路萬重屢登猿嘯嶺頻撫鶴巢松漁

唱孤舟曲僧撞半夜鐘山空禪榻冷月上礙星峰

江村晚景

野水溪橋月荒村八九家雨晴魚網晒風定酒旗斜紅樹霜江葉黄蘆月岸花何當從此隱重整釣雲槎

題溪翁隱居

小徑入雲斜幽居魏野家庭軒環竹石窓牖落烟霞户外經霜樹堦前浥露花童沽村店酒婦煮石爐茶

客至

有客過山家停驂暫脫車旋呼徐邈酒新煮玉川茶命
子開東閣呼童掃落花殷勤話疇昔握手入烟霞

疎齋睡醒

石枕翠松屏吟翁清夢醒風前搔白髮月下讀黄庭棗
熟從猿摘琴彈喚鶴聽南山新霽雨秀色入虛櫺

江樓晚眺

人倚白雲樓蟾陪翠浪遊天高峰影淨潮落水痕收楓
葉孤洲冷蘆花兩岸秋漁舟清唱曉聲斷玉溪頭

秋色

美雨玉芙蓉經霜蒼翠松池蓮銷艷質岸柳作衰容菊圃香方溢蘋洲態更濃蘆花迷夜月楓葉舞霜風

晚興

談笑策藜節卯園興正濃點書研竹露煮茗聽松風吟詠詩懷爽疎狂世慮空古今興廢跡斜日落霞中

立春日

欲寫宜春事先書餞臘篇詞華輝壁月文彩麗晴烟金

燕寒歆鬢泥牛曉試鞭香風匝羅綺語笑競秋千

雜興

吟詠讌芳庭荆扉晝不扃溪光流坐席嵐影透窓櫺砌蘚青粘屨岡松翠列屏夕陽江上路曳杖定鷗盟

正月上晴雪中賦

天女美手容乘鸞過海東清標光奪月素質影翻風柳絮情應遠梨花夢未終鶴棲瑤樹冷龍躍玉波空

秋日懷故人

十年湖海別歸興晚嵯峨人遠黄花瘦秋深白髪多鄉
關愁隔絶歲月苦消磨對酒頻相憶涼蟾宵渡河

幽人雜興二首

行樂興懐濃歡遊酒盞空久諳塵外趣殊乏世間功徑
竹題新緑庭花掃落紅短笻歌霽月長袖挹天風
歡笑樂常彛何曾浪皺眉忘懐頻喚酒得意數吟詩徑
草含烟軟庭花過雨竒歌酣天宇濶睡足夕陽遲

次韻項叔道見訪

青山茅屋下誰肯顧寒微貧賤論交寡功名入夢稀致
身雖有術臨事要知幾異日天風頂偕君試一飛

次張縣尉韻

烟霞深處客猿鶴慣同棲坐久雲横谷吟残月滿溪不
成塵世夢寧為利名羈醉脱荷衣卧幽琴懶更攜

閒情二首

瀟散兩眉厖踈狂似老龐慣遊栽菊圃長坐讀書窓漁
笛閒中奏僧鐘醉裏撞興來陪夜月孤艇釣寒江

歲月任消磨閒中得趣多戲題紅葉字醉唱紫芝歌雨笠耕雲嶺烟蓑釣月波數鴻臨淺浦騎犢下前坡

幽齋清興二首

清興正悠悠偏欣汗漫遊乘閒登翠巘獨步訪丹邱慣着穿雲屐頻撑釣月舟高情方浩蕩更上礙星樓

嵐光浮户牖竹色上欄干吹笛驚秋老彈琴生夜寒喚猿來月下放鶴出雲端長負江湖興西風一釣竿

江村睡醒

霜重五更鐘簫聲半夜風梅香方旖旎松影正朦朧睡醒吟肌爽神清世慮空孤舟烟艇冷漁唱月波東

玩月

桂魄滿晴穹徘徊牛斗東清光流海宇寒彩散天風兔躍青霄逈蟾遊翠浪空吟翁肌骨爽步入玉華宮

江樓

華髮鬢颼颼吟節作勝遊閒中三弄笛飯後一登樓對酒思王粲憑闌話莫愁澄江鴻雁影聲斷夕陽洲

幽人高興

瀟灑寄巖邱人間世外遊霞杯風月笛雲佩雪霜裘調古無勞和年高漸寡儔絲綸三百尺獨釣五湖秋

溪翁

漁唱雜樵謳茶鐺繼酒甌醒吹雲外笛醉棹月中舟潮駕千尋浪風生兩岸秋古今多少事睡醒蓼花洲

月夜孤舟二首

風定翠濤平芳洲孤棹輕僧鐘穿嶺響漁笛隔江聲雲

傍西巖宿蟾登北嶼明烟波遺世叟心似石潭清

雲去越山青江空霽月明鐘鳴峰頂寺潮到石頭城牛

女中流現魚龍半夜驚停杯呼李白吟詠倒䥅罌

興懷

泉石興方濃功名夢已空髮緣吟苦白顔借飲酣紅酒

建和愁策茶成遣困功自慚無妙術唯解醉春風

題烏衣巷陌圖

千載烏衣巷荒涼日已斜昔年丞相宅今代野人家庭

弛生楓樹堦蕪長草花春風無主燕夜雨為官蛙

晚窓

睡醒兩眉庬残陽漸上窓已欣詩滿袖復喜酒盈缸放
達齊莊叟風流類老龐襟懷清且靜涼月下秋江

幽情野趣二首

嘯斷碧雲巔吟歸青嶂邊送蟾遊海嶽喚鶴舞林泉獨
釣西江水躬耕北嶼烟踏穿三徑屐撑破五湖船

月上小山坡風吟高樹柯朗吟青樹嶺高卧白雲窩天

地烟塵靜關河感慨多慚無經濟術空老舊巖阿

喜李公度留題僧壁

醉筆濡蟾彩芳逾天女花吟冐繁錦繡僧壁舞龍蛇句語香千古辭華擅一家已呼紅袖拂更遣碧紗遮

幽居

半掩夕陽扉閒陪夜月歸漁歌隨浪遠樵笛入雲飛野鶴曾相識沙鷗久見機潺湲東澗水常護釣魚磯

野興

門徑久荒蕪謀身計畫無酣歌聲正遠清睡興尤孤簡樸衣冠野疎狂語笑粗山遊方自樂世譽不須沽

春暮

睡起近斜暉庭花晝掩扉人從忙裏老春向醉中歸宿雨香紅徑閒雲冷翠微沙鷗西澗浴野鶴北巖飛

野客清歡二首

神清肌骨爽慮淡夢魂安夜月横吟榻秋風理釣竿醉來長袖舞興動短琴彈對客頻呼酒忘情各盡歡

雨過晚峰青無人門自扃溪光浮竹几嵐影落松屏雲滿煎茶竈春生貰酒瓶酣歌天地裏醉臥秋風亭

石鼎煮春茶瑤杯斟紫霞豪歌聲俊爽歡舞影欹斜酣醉眠芳草顛狂藉落花醉來新月上人笑忘還家

季冬梅花未放

幺鳳跡難尋寒蜂恐爽盟暗香猶髣髴踈影不分明南國春仍淺西湖雪屢晴師雄空入夢和靖最關情

逸興二首

清興寄林泉孤蹤遠市廛扶筇芳草徑吹笛落花天滿
載西江月躬耕東野烟機關俱不識人笑葛洪仙
頗有烟霞癖全無市井喧神空游汗漫性靜樂邱園飽
玩松雲鶴頻呼月樹猿溪光常入枕山色遠迎軒

野趣

嵐影上衣袂溪光滿竹閭雲峰明月徑烟樹夕陽廬柳
下尋詩策花邊載酒車南山經雨豆草長正堪鋤

幽庭寄傲

門掩曉風輕庭環澗水深醉吹風裏笛靜鼓月中琴黃
卷知興廢青山閱古今久忘塵俗事偃息夕陽林

晚興

教鶴復盟鷗看雲獨倚樓笛聲千嶂月琴調一庭秋木
落山俱瘦江空水自流夕陽烟柳外蓑笠釣魚舟

春日對酒

予身無繫縛去住政如萍泉石閒堪玩功名老不驚青
山常入夢紫綬不關情酒到頻歡飲杯空逐旋營

江村過雨

雨趁斷虹收霞隨孤鶩遊蟾光流斷港鴻影落芳洲萬疊雲峰暮一江烟水秋溪聲連野色漁唱伴樵謳

春遊晚歸

小雨雜烟霏晴光弄夕暉蔦紅侵酒斝空翠潤琴徽風襲吟翁帽雲香野客衣殷勤花徑月寒彩照人歸

雲峰雅興

高卧碧雲岑清談翠竹林疎狂交牧圉勳業謝冠簪江

月清吟腑松風醒醉心焦桐絃久絶三叧發奇音

丁巳秋暮

吟嘯倚奇峰清遊衣袂風落霞孤鶩外斜日斷虹中垣竹流寒翠江楓舞晚紅芳洲漁唱遠烟冷碧波空

晚興

蝸舍水雲鄉巢棲蝶夢長竹搖丹鳳舞松撼翠蛟翔鶴影深秋瘦蟾光半夜涼自慚無汗馬牛背度斜陽

江路晚遊

吟袖舞天風輕鞵策瘦筇濕雲辭怪石涼月上奇峯樵唱穿林曲僧撞出嶺鐘橫江清夜鶴歸宿大夫松

幽居

門對北山峯窓迎越水東松枯青嶂老花落翠巖空幽谷飄晴雨虛堂含晝風相羊烟柳外吟嘯夕陽中

古意

江漢遨遊女吹簫伴月明曲終人又去聲斷意還驚雲盡湘潭暮潮回浙水平英雄今昔事日落遠峯青

幽棲

若問幽棲地吾廬住翠微步隨青草遠興與白鷗飛衲裹秋雲去囊挑夜月歸塵埃雖滿世難染芰荷衣

與錢提領

錢鏐千載下何幸出斯郎鼻祖聲名盛聞孫姓字香吳山歸夢遠越水宦情長幕府誠淹滯期君仕帝鄉

次韻賈逢源見寄二首

不成驚世事愧讀古人書老去功名懶貧來故舊疏白

雲生戶牖明月宿庭除亦有無心者攜琴訪逸居
短髮凋秋鬢天風快晚晴閒唯欣有味老不歎無成白
石和雲煮青山帶月耕無心少年事慷慨樂從征

江村即事贈人

長笛倚風吹江村對夕暉烟迷前岸柳月照後園薇髮
白何勞鑷山青正好歸塵埃方滿世慎勿染荷衣

午夢感邯鄲舊事

清睡午炊香槐安仕路長征遼辭激切憂國志忠剛遏

主新承寵遭讒復致殃危疑忽驚悟大笑海蟾涼

遊賞清樂四首

烏帽翠雲裘行藏得自由月宵尤醞藉天路更風流不作塵中夢甘為世外遊林泉堪縱目勢利懶回頭

華髮雪霜眉頻將羽扇揮兒童呼矍鑠樵牧笑希夷不識當今諱寧諳薄俗機清歌三四曲猿嘯鶴驚飛

竹杖芰荷衣青鞋白接䍦腹儲徐邈酒胷貯杜陵詩白髮搔風短青山過雨奇杯酣芳興動簫管倚雲吹

野服帽頻欹登臨倚翠微清烟衰柳外孤鶩落霞飛草露粘芒屩松雲上布衣清吟山路晚瘦策踏斜暉

贈一教官遊學者

燈火老書窓功名志未忘青衫經歲月白髮老風霜累作東吳夢頻觀上國光十年猶未調感慨憶馮唐

城中一佳士贈所知

城中一佳士借問不言誰解唱無聲笛能吟落韻詩三杯隨分酒一局不爭碁到處無人識唯應野老知

次密印精藍光上人韻二首

蔬飯度春秋何心向外求但能存取舍自足絕恩讐歲月驚青鬢風霜變白頭騰騰常任運無果亦無脩

石邊清睡醒松下獨吟餘小徑雲收後空林月上初梅香凝几案竹影掃堦除湛湛長空淨纖埃半點無

送蕭君祐憲史陞南臺掾二首 建康人

漢朝丞相裔臺閣慣懲膺雲海橫孤鶚天風快俊鷹幾年居寶婺後夜發金陵李白題詩地闌干試一憑

霜臺新聘客家世出蕭梁況乃辭江浙翩然往建康六
朝烟樹老千載暮雲長見說孫郎宅青山帶夕陽

送憲奏差邱魯瞻還浙江二首

堂堂烏府士聲已播錢塘投劾驚神鬼摛詞凛雪霜潮
回吳渚冷月落越山長西浙今非昔期公正紀綱

人才天下望豈但魯觀瞻清冷雙溪水高寒半夜蟾時
賢多自逸吾子獨能廉去去西湖路荷香漾酒帘

樵雲獨唱卷六

元 葉顒 撰

律詩

重九後菊

壬辰年小籬黃菊節後始華異香芳容不類餘者惜其開不應時如絕筆之麟又似吾性倔强好與世欲背馳豈其以予無酒酬酢故遲之抑將恥伍凡下不欲與之同出俟其衰謝然後獨步西風否則賦性謙退不欲爭先羣品特殿於九日之後耳賦唐律一章見意云

癡蝶狂蜂未用疑從來根性懶趨時情知不少爭先輩
故遣遲開殿後枝斜日園林方冷淡西風天地特清奇
芳苞小蘂秋香老不是淵明斷不知

題友琴堂

疇昔知音託久要同聲相和更同條嗟予無用頭甘秃
顧子多材尾亦焦七尺身長形固美兩翁調古腹空枵
何當共坐虚簷下握手論心到月高

山館酒邊即事和何仙翁韻

但須獨酌杯中酒何用千秋身後名才拙更無醫國伎
家貧猶有讀書聲巖花落樹香雲影庭竹吟秋伴月明
醉坐石床橫短笛天風吹斷世間情

登八詠樓

我是東陽老布衣沈腰銷瘦勝當時非常胸次能無酒
如許江山政要詩今古可驚渾似夢英雄未死恰如棋
齊梁耆舊俱塵土落日荒城草木悲

題余仲楊松雲齋手卷二首

白雲來往青松頂樹老雲寒歲月深雲去人間化甘澤
松留天地作青陰孤標素有衡霄氣高躅曽無出岫心
已喜卷舒皆在我何妨偃蹇卧豐林
幽人住在松雲下雲白松青十里程揀得好枝延鶴宿
掃開輕翳放蟾明棲巖枕石衣裳冷倚樹吟詩格調清
早晚移家近君屋飽看烟靄聽濤聲

次衛律本憲史紅梅韻

本是孤山雪裏花朱唇得酒改容華頻匀南國佳人面

忘却西湖處士家一種暗香凝夜月十分嬌韻醉晴霞
鄰牆艷杏誠非伍須信南人語未差

復次前人綠萼梅韻

老兔舂香細擣霜更添藍澱越風光喚回庾嶺春風夢
染出羅浮月夜芳日暮氷魂啼翠袖雪殘元鬢舞霓裳
近來姑射梳粧别説與林逋合斷腸

送東陽吳縣尹東陽有玉山

東陽天下佳山水君到其中地益靈恩惠有如銀浪闊

姓名高並玉峰清桃杳春暖遊蜂喜琴調秋高老鶴聽
父老新鐫去思石白雲來往護碑亭

題王壽卿烟雲疊嶂圖

青峰盡處更青峰爛墨淋漓慘澹容雲裏長松三百尺
烟迷荒嶠十千重層巒岌嶪如棋布空翠清寒勝酒濃
添寫詩翁嵐影裏羽衣霧縠駕天風

題幽居

隔溪春色兩三花近水樓臺四五家濁酒不妨留客醉

好山長是被雲遮松根淨掃彈琴石柳下常維釣月槎路狹不容車馬到只騎黃犢訪烟霞

乙未八月二十二夜夢宿山寺與僧講道論詩不覺夜分僧賦一聯云鶴向白雲棲處宿僧從青嶂影邊歸覺而微改其句足成一律云

天風吹夢過招提瘦策迢迢扣夕扉鶴揀白雲枝上宿僧從青嶂月邊歸杉松韻古調清樂苔蘚痕深染弊衣多謝山靈能念舊此心焉敢忘烟霏

二月江城見梅二首

二月江城第一枝怕寒故故著花遲不嫌艷杏夭桃俗日受狂蜂妬蝶疑月落西湖驚舊夢雪消南國憶當時樓頭亦有霜天角懶對春風暖日吹

桃杏紛紛正得時疎梅高潔合知幾如何萬卉嬌春日猶有孤芳駐夕暉未要板橋尋蠟屐最宜沙路試羅衣輕鞋小扇孤山下絶勝逋仙踏雪歸

秋齋雨後月出即事

雨後虛堂清夢長不堪風露襲荷裳濕雲散去山容瘦
新月飛來海氣涼丹桂生香秋兔老青松舞影莫蛟翔
騷翁不管茅齋冷滿挹蟾光入酒觴

送李本存歸江西新喻州本存儒學教授歷省
掾為御史所論改溫州海隅巡尉賦三律贈
之

又攜書劍過江西長鋏三彈一振衣風景不殊人自老
江山有異鶴空歸閒雲仍舊封吟榻流水依前護釣磯

去去鄉關莫回顧春風吹老故園薇

獻賦論兵計已踈扁舟歸去意何如豈無醫國三年艾
空讀傳家萬卷書處世固當同鳳鳥還鄉端不為鱸魚
故園泉石應無恙依舊青山帶月鉏

去就輕於出嶺僧烟包桃月一枝藤十年湖海孤蓬雨
萬里關山半夜燈後進衣冠皆有用先生才調獨無能
送君歸洗征塵淨高步雲岑頂上層彼州有山名雲岑頂

春日雙溪晚歸

萬頃晴波醮夕暉泠泠寒碧浸漁磯水流不盡隨雲去
潮落無聲帶月歸桃岸春深紅作陣蓉峰烟暖翠成圍
江山風景能如許可是休文解賦詩

懷湖山隱者並序

湖山隱者不知何許人往來湖山間麻衣草
履竹策紅巾問其姓名則笑而不答寡結交
少許可性不喜譽人而亦不沽譽於人也嘗
與人談論古今斟酌時事一言不相合引而

去之不復回顧近不知所之云

湖海無求放逸人不將清夢出邱林喜吹異代秋風笛

解鼓空山夜月琴驚嘆時危如有意貪眠雲暖又無心

邇來蹤跡難尋覓高卧岑巒萬疊深

和李本存見寄和周府判感時遣懷韻二律

家山無恙尚如新忍著征衫染世塵功業謾彈三尺劍

琴書空老百年身黄金散盡頻添恨白髮閒梳政慘神

斯道未忘公論在老翁未必久沉淪

世態紛更幾度新笑看馬首没黄塵幸無寵辱驚清夢
喜有林泉慰老身雨後溪光尤激灎雲舒山色越精神
年來深得歸耕計甘學愚蒙但隱淪

述懷三首用前韻寄本存

照眼奇峰朶朶新荷衣雖破喜無塵莫嫌甕牖難容膝
也勝儒冠解悞身好飲點頭呼酒侶不貪拍手駡錢神
山中清賞無窮盡忘却高翔與下淪
貌古何妨語笑新寧憂勲業鏡生塵芙蓉露下三更月

葡萄風前七尺身偶爾忘懷非造理或然閉目獨凝神

老身踈懶無迎送高卧從人話隱淪

乾坤清氣四時新獨倚天風絕點塵白酒最能開笑口

青山儘好著閒身松根對奕棋無敵柹葉題詩筆有神

幸有世間真樂在貪夫何苦嘆湮淪

謝姜明德學録見醫膏肓痼疾二首

少年曾讀活人書壯歲能為死馬醫學究岐黄惟我許

術參盧扁少人知鼎中九轉丹垂就肘後千金世莫窺

舊有烟霞泉石痼飲君一七頓成詩

偶然奇疢在膏肓謝子慇懃數送方豈但獨除前日苦更能頓歇晚年狂雲邊丹杏香方美世上黃粱夢正長時事轉艱吾鮮樂取餐芝术訪仙鄉

次李本存宦遊困滯韻

天風吹落梅門槎一片歸心未到家空羨青衫縈紫綬長驚白髮岸烏紗當年鳴鳳曾棲竹近日飛蠅遽集瓜時世輕浮君已識不須多笑子陽蛙

再次前韻二律喜其寄傲僧廬深得幽寂之趣

健理烟波釣月槎困眠雲屋野僧家清談自足酬元旨
佳句仍堪罩碧紗蕭寺借栽陶令菊祇園分種邵平瓜
翻經石上琴彈罷最喜良宵兩部蛙

少日心存漢使槎老年詩到晚唐家床前古鼎烹茶灶
頭上涼巾灑酒紗繞屋鋤雲多種竹鑿池分溜廣澆瓜
空庭草色休頻剪留護堦除鼓吹蛙

復次前韻述懷寄前人二首

七尺長軀卧老槎白雲飛處是吾家虛窓竹影侵琴榻
石鼎茶香襲帽紗北闕無書難獻策東門有地易栽瓜
秋風半世空山夢驚醒池塘月夜蛙

身似江湖不繫槎青山是處儘堪家手揮雲翰千番紙
鬢裏霜髦一幅紗時事固然輕土苴吾年衰矣嘆匏瓜
何當脱屣人間世不雜喧譁井底蛙

擬挽唐思仁

芹老香寒泮水流生平琴劍兩悠悠讀書不辨黄金印

作記空登白玉樓吟骨已隨霜月冷詩魂長伴暮雲秋
悦齋文墨傳家業分付孫郎地下脩

再次槎字韻述懷

形容枯似飽霜槎身老空山處士家一徑梅香雲滿地
半窓花影月籠紗常穿謝氏登山屐慣設孫郎餉客瓜
離亂固非疇昔比池塘難得為官蛙

讀金中孚詩

珠玉篇章語不凡宋唐佳句晉清談雲分霞彩流銀漢

月借波光下石潭老鶴唳霜棲未穩孤鸞對鏡舞初酣直從瘦島推敲後今度詩人數二三

再次前韻予與其父舊識詩中故及之

乃父仙遊竟隔凡不圖老共阿戎譚千年白壁沈滄海一顆驪珠耀碧潭羣彥進趨心正渴獨君高卧睡方酣幽懷亦笑狙狂者唯數朝三與暮三

喜余仲揚陪樞掾俞公芳催兵海道歲晚遠歸

羽檄催軍歲晚歸海南消息定何如腰邊雖少封侯印

囊底應多盜寇書越水閩山牽舊夢蠻烟瘴雨襲輕車
短衣匹馬男兒事莫戀邱園月下鋤

王宏道下訪別去十年矣至正戊戌遷浙東憲
史相見如夢寐論心話舊不覺憮然賦二律
見意云

白髮相逢兩故人共談時事欲霑襟老來喜有歸耕樂
亂後慚無濟世心常說文章非事業深知書劍悮冠簪
如何得似終南叟萬疊青山一曲琴

詩酒分違各一天相逢鬢雪笑垂肩自慚衰貌非前日猶喜清談勝昔年閱世只堪三嘆耳論心幾欲一潸然何時吟騎重來訪夜雨青燈對榻眠

宏道見和復次前韻

羡君詩格類唐人留次氷霜月一襟句律老成前輩語衣冠新樣昔賢心豈無青眼觀良璞争奈黄塵襲獘簪早晚南山坐雲石邀君來聽絶絃琴

自許餘生不問天樵夫漁叟得齊肩豈期鼙鼓轟天日

猶有篇詩慰暮年白髮滿頭驚老矣黃金擲地喜鏗然
纔才敢共元龍並何但高樓上下眠

再次前韻凡三疊

覥面依然舊日人衹添塵土上衣襟聯床夜雨思前話
十載春風老壯心松徑任教雲滿袖宦途莫遣雪盈簪
山家活計還知否詩卷茶餅夜月琴
車馬重逢喜二天詩翁仍舊聳吟肩風塵有恨彫雙鬢
歲月無情老十年紙上虛名俱夢爾杯中真樂出天然

别來學得安心法淨掃青山枕石眠
慮遠憂深感慨人出奇籌策滿胸襟抑強扶弱平生志
激濁揚清舊日心思向明時呈利器肯隨漓俗著塵簪
秋風異國無人夜獨鼓空山月下琴
林泉深處不朝天野服裁雲補兩肩閉戶讀書頻謝客
入山採藥動逾年松根長嘯心清甚石上豪吟興浩然
盡日更無身外事困尋芳草落花眠
江左風流絕代人雲裳蘭佩更風襟政多感物傷時意

常負憂君為國心三獻無功羞抱璞十年不調欲投簪
酒酣拔劍空長嘆誰識中郎爨下琴
醉吹長笛夕陽天醒拍希夷魏野肩巖下烟霞常滿地
世間榮寵不多年採山釣水常隨分賞月吟風得自然
松頂日高三十丈老猿猶抱白雲眠

用前韻寄李本存二首

浮雲常是蔽青天黎庶何由擔弛肩鄉社音塵空入夢
干戈休息果何年石邊清坐真閒者世上狂圖不坦然

安得中山千日酒與君長醉日高眠

獨憐湖海倦遊人忍泣牛衣淚灑襟經史沉酣千載志功名孤負半生心空驚繫肘黃金印徒羡峩冠白玉簪何似麻衣破紗帽石床雲屋理瑶琴

至正己丑端午日感懷寄輝東陽一詩至戊戌重午又十年矣王宏道見而和之其語句俊爽清健復次韻美之

奇如霄漢舞天吾壯似英雄敵萬夫錦繡心腸人未識

林泉胸次世應無久空蕙帳秋猿怨近宿芹堂夜鶴孤
況是東南重午節湘江烟暝楚雲踈時宏道寓金華學舍

次李本存端午見寄韻二首

功名驚世久無圖泉石膏肓癖在吾滿眼干戈方爛漫
繞園蘭艾亦荒蕪蒲觴未飲心先醉松徑長吟興不孤
賴有故人知我意肯同阮籍哭窮途
獨醒孤坐與誰同懶把衰顏換酒容素負歲寒齊檜栢
不將春色悞芙蓉堂堂陣美誰能犯整整師嚴孰敢衝

萬里白雲風捲盡蟾光飛上楚烟峰

再和前韻

天下關山入戰圖異鄉爲客倍愁吾江淮遠近連烽火
里巷高低長草蕪堅卧謾愁兵若滿獨醒寧怕夢魂孤
太平氣象猶如舊痛飲蒲觴醉道途

今年端午去年同老去閒身轉不容幾欲入山穿薜荔
常思浮海採芙蓉傷時倍覺愁腸結罵賊徒添怒髮衝
何日果能忘世事楚雲湘雨小孤峰

至正壬辰癸巳以來方國珍輩起天下遂大亂時士民皆登城禦敵馬教授輩於窩鋪中缺

至正戊戌九日感懷賦

吳楓初冷水痕收塞雁南飛渡遠洲歲月無情天地老

江山不盡古今愁黃華謾引杯中物白髮空驚鏡裏秋
却笑桓溫清讌後終然無夢到神州
謾多憂思繞東籬舉目江山異昔時落日邊城悲鼓角
西風天地動旌旗荒村亂後愁無酒野老胸中喜有詩
風景不同人事别菊花何必上寒枝
門掩冬籬處士家每逢佳節惜年華黃花有恨驚秋老
白髮無情對日斜杜牧仙遊詩寡和王宏人去酒須賒
烏紗醉裏西風冷千古令人憶孟嘉

誰復攜壺上翠微干戈爛漫酒樽稀西風細雨黄花瘦
蓑草荒烟白雁飛落日有時懷故國舊居無主鎖空扉
龍山回首尤非昔長使英雄淚滿衣
晚對南山飲濁醪少舒幽憤醉醄醄雲邊黄菊紉芳佩
世上紅塵襲敝袍陶令官閒身尚健孟嘉帽落趣殊高
登臨我亦秋風客虚負人呼一世豪
雲鎖當年落帽臺滿山黄菊為誰開久無異士高人識
長有狂蜂妬蝶猜斜日東籬增感慨西風南國正塵埃

如何得似承平舊與客攜壺共酒杯
慵整東籬貰酒缾白衣望斷夕陽亭征鴻北度烟塵冷
戰馬南嘶草木腥嫩菊半開香未老奇峰相對眼終青
何當得與淵明約共醉秋風不願醒
風急登高野客傷悲笳聲裏過重陽正須繫劍論孤憤
何暇攜壺舉一觴白骨不埋新戰恨黄花空發舊枝香
寒烟冷日東籬下西望柴桑路更長
悠悠江影雁南飛黄菊飄香蝶滿枝斜日西風彭澤酒

殊方異國杜陵詩烟巒慘澹山林暮霜葉蕭疎草木悲
醉後不思時節異半欹烏帽任風吹
滿城風雨晚淒淒城北城南盡戰車無藥可能醫世亂
有錢常欲買山居床頭小甕開新釀屋底明窓讀古書
園菊豈知吾輩意清香唯解繞茆廬

時論田畒輸銀賦二律俾主事者知之

固守金湯動萬全使君才調亦堪憐活人陰德誰能見
濟物奇功已得專廣鑄精金酬健者迄科寒士豈當然

犒師勞將吾民職爭奈饑無買米錢
劍不潛鋒歲未豐帶牛佩犢走西東誰憐耕墾三時力
不直干戈一掃空破屋饑人啼夜雨荒村冤鬼哭秋風
有司科斂仍如舊願霽霆威略見容

軍中一彥士少好讀書喜談論文章工拙尤篤
意詩學求指南於僕為賦一律以贈之

知公雅志喜文章光燄須觀萬丈長太傅詞華宜鑒別
翰林豪故不尋常筆端妙語誠須識馬上奇功慎勿忘

正是英雄馳騁日策勲麟閣姓名香

草堂寺有懷東陽輝老

蕭寺荒涼繞翠屏高僧無復定詩盟雨侵深徑苔花冷
風度浮雲柳絮輕巖下古碑遺舊跡亭前流水訴新聲
昔年高座談經地夜夜虚堂貯月明

暮春遊赤松

桃源春晚落花深仙子乘鸞去莫尋地僻惟聞猿盜月
巖空無復鶴聽琴雲遮不斷青山色風送還來翠竹陰

欲上丹山訪遺跡竈寒烟冷碧苔侵
牧羊人去杳無蹤欲訪仙鄉路不通樓殿勢穿雲影裏
笙簫盡斷月明中嵐光點點流空翠春色重重駐老紅
日暮桃源重回首夕陽香徑鎖春風

庚子端午次潘明舉韻二律

世亂飄零席未溫香蒲何暇薦芳尊傷時倍覺孤難立
訪舊空驚半不存爍爍火榴明照眼離離烟草暗銷魂
賜衣恩寵承平舊今日干戈未暇論

内家端午賜新衣萬姓千官樂盛時榴火噴人初霽雨
蒲觴醉客競題詩前歡過眼如流水近事驚心類奕棋
今日亂離非昔比淡烟衰艾不勝悲

次潘鵬舉喜雨韻二律

海若馮夷盡効誠阿香巽二更多情電驅鐵騎穿雲出
水決銀河半夜傾宇宙已清天下勢桔橰無復月中聲
氷肌玉骨涼如許何但倉儲喜滿瀛
蒼龍將雨出山來天為生靈息禍災甘澤既能隨願足

片雲未必為詩催稻畦已溢平疇水蕙帳仍轟動地雷
剩欲搆亭題誌喜只疑人怪老坡才

再和來字韻

風倦長坡化雨來洗空塵世弭天災滂沱足使坤維溢
須洞仍煩巽二催足下已深三尺水耳邊何止一聲雷
縣官滿貯豐年粟廣育山林茂異才

幽懷

不染纖塵六十年夢魂長是寄林泉閒拖竹杖雲邊坐

醉脱蓑衣石上眠澗水煮茶和月汲地爐收葉帶霜然
平生湖海知心少惟結山猿野鶴緣

庚子雪中十二律

跨鶴仙人下太空散花天女盡嬪從氷輪玉輦三千里
羽葢銀屏十萬重海上有山皆霧鎖人間無屋不雲封
凌寒直上岑巒望月到芙蓉第幾峰
滕六裁雲舞玉京馮夷剪水出滄溟旋偕江路尋梅屐
自挈溪橋貰酒缾只恐雲山頭早白終輸寒士眼長青

十年不作淮西夢世事於今未用聽

擁被清吟興不窮地爐烟暖火初紅移舟訪戴心應懶
入蔡平淮夢已空柳絮影高迷夜月琪花香減怨春風
鬢毛如蝟蓬窓下僵卧誰能識此翁

藜雲梅月苦紛紜凍蝶寒蜂錯認春遠近江山皆種玉
東南天地正飛塵烟蓑垂釣風標遠石鼎煎茶氣味新
幸有千年佳趣在老翁清賞未全貧

玉樹瓊林一夜榮悮將春色惱芳情空花發艶無真實

凍樹飄綿不老成徒使醉翁增酒債且尋吟社定詩盟
劉乂去後無佳句著覩寒光伴月清
萬頃銀波細剪裁繽紛飛下玉樓臺初疑羽旆空中舉
猶想霓裳月下來風緊有花飄岸柳雲深無樹認江梅
地爐煮茗松濤響絶勝羊羔飲酒杯
朶朶瓊花冷映扉隨風飛舞撲人衣孤舟蓑笠添清興
萬里江山失翠微醉裏不知明月上望中惟見濕雲飛
袁生紙帳方眠穩夢破人間萬事非

雲壓溪橋失舊蹤出門迷路酒缾空江山未易分高下
玉石尤難別異同梅粉光輝羞讓月柳綿輕薄喜當風
憑誰說與吳元濟鵞鴨池邊夜未終
疎疎密密復斜斜雲滿歌樓賣酒家半夜孤兵奇李愬
千年佳句笑劉乂異常璀璨元非玉頃刻繁華不是花
安得風流陶學士松風同煑竹爐茶
亂飄亭榭洒虛櫺飛入書齋照眼明天下更無花比白
雲間惟有月同清益堅茅屋高人操頻感塞邊老將情

舊日平淮夜深雪光輝仍滿蔡州城

攪碎銀河戰玉龍紛紜鱗甲舞天風江山浩浩芳塵遠

宇宙茫茫醉眼空春老不香雲樹裏鶴歸無影月明中

霜橋驢背尋詩罷自爇寒爐榾柮紅

北風吹雨晚聲乾亂撒真珠滿玉盤常訝雲巢驚鶴夢

最宜烟棹理漁竿僵眠茅屋不知夜醉著蓑衣尚怕寒

却笑當年韓吏部獨鞭羸馬出藍關

梅魂二律

飛入羅浮舊路遥東風迴首思寥寥玉容猶想霜晨沐
氷魄空疑月夜招望斷西湖春易老夢回南國雪初消
枝頭有恨無人見瘴雨蠻烟屬艾蕭
春風吹夢夜迢迢香影無蹤寄寂寥和靖作詩空見詠
姮娥剪紙謾頻招雲深庾嶺家何在月落西湖恨未消
怨殺樓頭吹玉笛粉容芳質委蓬蕭
題朱元良友琴圖手卷卷上有高山流水
彼此虛懷七尺軀同音相和久相知坐看峰頂雲飛處

話到江空月落時遇得意來俄斷絶到無聲際忽清奇
胸中多少驚人句不是桐君合語誰

左右司黄郎中以田畝多寡為賦役高下予田

已盡而不除役故作此詩以諷之

掌握軍民至重權廟堂隆任豈徒然招邀賓客三千輩
管領東南一半天威惠足驚吳越地才能不減漢唐賢
猶存賦役為民害剛把無田作有田

墨菊

卸下前人金縷衣蕭蕭元鬢望東籬西風烏帽高情遠
細雨黃花舊夢非露洗烟光浮嫩蕚雲封秋色上踈枝
霜縑素影芳香斷迴首緇塵怨夕暉

墨竹

與可神遊未易尋子猷仙去硯池深空餘瘦影驪龍舞
無復清聲紫鳳吟雨暗渭川雲萬畝月生淇水玉千林
秋風滿紙氷霜色中有程嬰杵臼心

蘓知縣能染時賦役頻繁負郭之田十賣八九

民力已盡催科不休詩中言及之俾知民間艱難云

小邑何煩命世豪割雞寧復用牛刀桃開古縣春風暖琴鼓虛堂夜月高滿腹仁慈遵孔孟異時功業繼蕭曹興來筆下烟雲起千尺龍蛇舞海濤

國士誠非縣令才天憐民瘼遣公來廉能清似霞溪月號令嚴如百里雷凜凜氷霜居政府堂堂人物坐琴臺明年二月春風暖剩買桃花滿縣栽

山翁自愧坐無擅賦役相承斷復連前載已捐南畈土
去春仍賣北山田差科正恐無虛日貨鬻深憂有盡年
幸有讀書窓下月夜深依舊十分圓

辛丑二月初八日予攜妻子避亂於北山清脩
寺賦一律奉謝山中故舊云

自笑饑寒杜拾遺蹇驢破帽傍人廬老來亦頗棲巖屋
亂後何能校石渠落日人惟悲鼓角荒郊誰解把犂鋤
荆妻稚子頻相擾刻骨銘心甚日除

清明有感

舉目關河盡亂離舊墳新塚正纍纍落花滿徑東風惡芳草連天野客悲無酒無詩寒食節半晴半雨夕陽時垂楊不識興亡恨也雜蓬蒿上翠扉

謝王鐵槍相公送還小童

採藥癡童出未還悞將魂夢落塵寰雖貪世味甜餐蜜肯忘嵐光翠擁鬟謝子指歸青草徑隨予嘯上白雲山從今穩坐峰巒頂夜夜烟扉月下關

次韻張仲文雪中見寄

萬境無聲玉宇空江山晃耀失西東溶溶不夜梨花月
衮衮長春柳絮風兒女淺斟金帳酒英雄方建鐵城功
池邊鵞鴨休驚擾恐混軍聲耳爲聾

再次前韻

醉眼糢糊宇宙空出門投北誤投東老龍跳落銀河水
皓鶴飛來玉闕風謝女有詩裁妙句吳城無策立奇功
十年懶聽塵寰事偃卧從教兩耳聾

再次前韻

水晶宮闕擁瑶空宫裏瓊姬過海東霧轂氷輪飛廣漢羽衣仙袂舞剛風天神淺試裁雲手海若新成剪水功老子畏寒頭為縮鬢毛如蝟耳雙聾

再次前韻

深夜沈沈萬象空乾坤一色混西東濕雲冷浸琪花月凍雨晴飄玉樹風老去更無擒蔡術困來猶有煮茶功寄詩勿吝頻敲户茅屋袁生耳不聾

元宵雪感懷

羽衣雲佩廣寒仙扶翊嫦娥下九天天下山川開玉卉

夜深燈火湧金蓮最憂漁艇江波冷猶記鼇山海月圓

世亂繁華非曩昔寒釭挑盡謾僵眠

次韻

遊戲人間百億仙細裁春勝散瑶天九重銀漢翻琪樹

萬頃瑶池浸玉蓮貪玩目前春富貴忘觀天上月團圓

霓裳莫惜頻頻舞輝映花燈夜不眠

金帳羊羔酒裏仙醉觀皓鶴下瑶天寒英忽舞顛狂絮
香餤俄開爛漫蓮閬苑有花春未老芳城不夜月空圓
茅齋僵卧袁夫子也玩鼇山懶去眠

懷赤松雲巘舊隱

家住青青不盡山石屏茅屋碧松關鉏雲短钁孫峰頂
釣月輕舟一水間埜鹿銜花常款曲山猿分果慣盤環
無端輕作紅塵夢身老乾坤未得還

謝邵仲才惠滴乳香

海南烟樹飽風霜樹老脂膏臭味芳露濕未乾秋月白
風吹不斷暮雲長團團良玉寒生彩顆顆驪珠夜吐光
得爾價須增百倍指揮檀麝合稱王

重陽值雨

西風吹帽雨霑衣與客如何上翠微白髮恨多秋鬢短
黃花香冷濕雲飛但須飲酒紉芳佩不用登臨怨落暉
採菊東籬陶靖節醉穿木屐著蓑衣

又感懷

斜風細雨暗東籬歲月驚心往昔非芳菊有香秋漸老
空尊無酒意多違陶潛去後論交寡杜牧吟成見和稀
西望山河無限意亂雲多處斷鴻飛

乙巳正月十二日雪中感懷

梅李爭妍冷更榮楊花飛絮濕尤輕雪梢香凍鶯聲澁
月樹光寒蝶影清兒女秪貪金帳樂英雄空老玉關情
自憐衰朽心尤壯夢裏麾兵入蔡城

幽居即事

靜看餘花點澗渠醉吹長笛卧庭除夢回涼月生松榻吟罷清風滿草廬身後豈圖千載譽腹中猶有百篇書溪邊磐石長年坐不是任公釣巨魚

寄方仲遠山人初識兼簡劉真白空不空上人

一見丰標許不凡齊梁聲律晉清談淡如涼月生巖樹瑩似驪珠映石潭二子形容尤縕藉獨夫鬢髮已鬑鬖何當共訪烟霞子共話前三與後三

閒中雜興

醉吹長笛倚雲峰靜掃餘花坐晚紅幽夢不離青徑月

高情長策翠微風雖無化俗清時術猶有搜奇摘艷功

沙上與鷗偕好罷梅邊教鶴舞晴空

題戴石屏詩後石屏字式之

騷壇吟社久馳聲句法清奇復老成彈壓江湖鷗鷺喜

品題泉石鶴猿驚天邊桂子芳香遠雪裏梅花瘦影清

妙語奇言看不盡海雲飛去玉蟾明

秋宵月下話休文遺跡

石井烟迷半蘚荒休文遺跡墮微茫刺桐影冷秋風爽
桂子清香夜月涼山洞出雲舒晝簇江波翻浪煥文章
汀蘭澗芷春常在人去樓空幾夕陽

再題式之詩後石屛父子皆有詩名

先生家世以詩鳴久擅吟壇老將名前輩羣賢聞必喜
晚唐諸子見皆驚雲幡碧海蒼龍影風遞青林紫鳳聲
石鼎煑茶尤韻美松濤濺雪暮潮生

重九感興三首

牛山遠在亂雲中暮靄荒烟寄斷鴻陶令歸來官況懶
孟嘉去後酒杯空羞將白髮欹烏帽笑看青松老翠峰
千載英豪一時事菊花冷淡怨秋風
黄花白髮淡相輝況是登臨近夕暉斷靄征鴻天共遠
落霞孤鶩晚齊飛江空雲影流無盡日暮秋光老欲歸
帽落孤峰人已去草深三徑事還非
翠微影冷玉峰秋與客攜壺話昔遊三徑菊花香未老
一江烟浪水長流行登高閣鴻初到過了重陽蝶也愁

已約淵明同酩酊醉欹烏帽雪盈頭

樵雲獨唱卷六

總校官舉人臣章維桓
校對官主事臣胡予襄
謄録監生臣張墀

圖書在版編目（CIP）數據

樵雲獨唱 / (元) 葉顒撰. — 北京：中國書店,
2018.8
ISBN 978-7-5149-2110-6

Ⅰ. ①樵… Ⅱ. ①葉… Ⅲ. ①古典詩歌－詩集－中國
－元代 Ⅳ. ①I222.747

中國版本圖書館CIP數據核字(2018)第085126號

四庫全書·別集類

樵雲獨唱

作者 元·葉顒 撰
出版發行 中國書店
地址 北京市西城區琉璃廠東街一一五號
郵編 一〇〇〇五〇
印刷 山東潤聲印務有限公司
開本 730毫米×1130毫米 1/16
印張 19.5
版次 二〇一八年八月第一版第一次印刷
書號 ISBN 978-7-5149-2110-6
定價 七〇 元